化粧面

日暮左近事件帖

特選
時代
小説

藤井邦夫

廣済堂文庫

目次

この作品は廣済堂文庫のために書下ろされました。

第一話　吟味人《ぎんみにん》

一

江戸湊《えどみなと》からの潮風は、半年振りに雨戸を開けた寮の澱《よど》みを吹き払った。

鉄砲洲波除稲荷裏《てっぽうずなみよけいなりうら》の公事宿《くじやど》『巴屋《ともえや》』の寮は、住む人もいなく閉められていた。

おりんは、縁側の掃除を終えて吐息を洩《も》らした。微風は潮の香りを運び、おりんの後れ毛を揺らした。

日暮左近《ひぐらしさこん》……。

おりんは、日暮左近の姿を思い浮かべた。

日暮左近は、おりんの叔父の彦兵衛《ひこべえ》が営む公事宿『巴屋』の出入物《でいりもの》吟味人であり、波除稲荷裏の寮で暮らしていた。

出入物吟味人とは、公事宿が扱う出入物（民事訴訟）の背後に潜む吟味物（刑事事件）を探索する役目である。

半年前、左近は寮を立ち去った。以来、報せは何もなく、その消息は途絶えていた。

鷗《かもめ》が甲高く鳴き、おりんは我に返った。

初夏の日差しは西に傾き、江戸湊から潮騒《しおさい》が響いていた。

帰らなくては……。

おりんは、掃除の後片付けをし、戸締まりをして寮を出た。そして、隣の家に挨拶をし、日本橋馬喰町《にほんばしばくろちょう》の公事宿『巴屋』に向かった。

鉄砲洲波除稲荷の横手を抜け、八丁堀《はっちょうぼり》に架かる稲荷橋を渡って亀島川《かめじまがわ》沿いの道を南茅場町《みなみかやばちょう》に出る。茅場町から日本橋川を鎧《よろい》ノ渡《わたし》で小網町《こあみちょう》に渡り、人形町《にんぎょうちょう》から浜町河岸《はまちょうがし》を行くと日本橋馬喰町になる。

日本橋馬喰町に公事宿『巴屋』はあった。

おりんは、夕暮れの町を急いだ。

「只今《ただいま》……」

「お帰りなさい」

公事宿『巴屋』の暖簾《のれん》を潜ったおりんは、婆やのお春《はる》に迎えられた。

「叔父さんは……」

「それがまだなんですよ」

「あら、もう日が暮れるってのに、遅いわね」

おりんは、お春や女中たちと夕食の仕度を始めた。公事宿には、公事訴訟で地方から出て来た依頼者が泊まっている。公事訴訟は時間が掛かり、依頼者は公事宿に泊まって生活をしていた。おりんたちは、そうした者たちの食事などの世話をしていた。


月は雲に隠れていた。

公事宿『巴屋』の主《あるじ》・彦兵衛は、若い下代《げだい》の清次《せいじ》を連れて浜町河岸を日本橋馬喰町に急いでいた。

彦兵衛は、清次が差し出す提灯《ちょうちん》の灯りを頼りに夜道を進んだ。

「随分、遅くなっちまいましたね」

「うん……」

浜町堀を行く舟の船行燈《ふなあんどん》が揺れた。

彦兵衛は、月番の南町奉行所での公事訴訟を終えた時、やはり公事訴訟で来ていた公事宿『大黒屋《だいこくや》』の主・庄次郎《しょうじろう》に呼び止められた。

を近くの小料理屋の小部屋に誘った。清次は、小料理屋の入れ込みで待った。彦兵衛は庄次郎と小部屋に入り、半刻（一時間）ほど何事かを話し合って出て来た。彦兵衛

彦兵衛は、憮然《ぶぜん》とした面持ちで小料理屋を後にした。

「旦那、どうかしましたか」

清次は眉をひそめた。

「う、うむ……」

彦兵衛は、屈託ありげな返事をし歩き出した。清次は、慌てて彦兵衛の足元を提灯で照らした。

小料理屋を出た彦兵衛と清次は、日本橋通りを京橋《きょうばし》に向かった。そして、京橋と日本橋を渡って本町三丁目を右に曲がって浜町に向かった。

月は雲間から僅かに出た。

彦兵衛と清次は、浜町堀に架かる緑橋に差し掛かった。その時、行く手の橋詰《はしづめ》に人影が揺れた。

「旦那……」

清次は立ち止まり、提灯を人影にかざした。

人影は橋を渡るでもなく、まるで彦兵衛と清次を待つかのように佇《たたず》んでいる。

彦兵衛は背後を振り返った。背後にも人影が現れた。

「清次……」

彦兵衛は、清次に囲まれたのを教えた。

行く手の橋詰にいた人影が、彦兵衛と清次にゆっくりと近づいた。人影は浪人だった。

彦兵衛と清次は後退りした。だが、背後の人影が迫った。背後の人影も浪人だった。

「旦那……」

清次は喉を引きつらせた。

「うん……」

彦兵衛は、逃れる術《すべ》に思いを巡らせた。

彦兵衛と清次は、緑橋の欄干《らんかん》に追い詰められた。

「巴屋彦兵衛だな……」

頬に刀傷のある浪人が、囁《ささや》くように尋ねた。

浪人たちは私の命を狙っている……。

彦兵衛は、浪人たちの狙いを知った。

頬に刀傷のある浪人が刀を抜き、鋭い袈裟《けさ》懸《が》けの一太刀を放った。

刹那《せつな》、彦兵衛は清次を押して浜町堀に飛び込ませた。頬に刀傷のある浪人の刀は、閃光《せんこう》となって彦兵衛の背中を斬った。彦兵衛は絶叫をあげ、清次を追って浜町堀に落ちた。水飛沫《みずしぶき》が僅かな月明かりに煌《きら》めいた。

橋の上で『巴屋』の提灯が燃え上がった。

「手応えは……」

背後にいた髭面《ひげづら》の浪人が尋ねた。

「云われるまでもない」

頬に刀傷のある浪人は嘲笑を浮かべ、刀の切っ先から血を滴《したた》らせた。

辺りの家々から灯りが現れ、人の声がし始めた。

「行くぞ」

頬に刀傷のある浪人は、髭面の浪人を促して夜の闇に走り去って行った。

灯りを持った人々が、緑橋に駆け寄って来た。

「助けてくれ……」

清次は、堀割の中から叫んだ。

「旦那、旦那さま……」

清次は、意識を失って沈みかける彦兵衛を必死に抱き上げていた。

「いたぞ、あそこだ」

清次に龕灯《がんどう》の灯りが浴びせられた。

「助けてくれ、早く。旦那さま、旦那さま」

清次は、彦兵衛を抱いて半泣きで叫んだ。口の中に入る水に彦兵衛の血の味がした。


提灯は燃え続けた。


公事宿『巴屋』は大騒ぎになった。

彦兵衛は、背中を袈裟懸けに斬られて昏睡状態だった。

おりんは、医者と下代の房吉《ふさきち》を呼びに人を走らせた。

「叔父さん、しっかりして叔父さん」

「旦那、あっしを助けようとして、申し訳ありません。おりんさん」

清次は濡れた身体を震わせ、おりんに手を付いて詫びた。

「なに云っているんだい。叔父さんはまだ死んだ訳じゃあないんだ」

おりんは清次を励ました。

医者が駆け付け、彦兵衛の傷の手当てをし始めた。彦兵衛の息はか細く、昏睡状態は続いた。

「如何《いかが》ですか……」

婆やのお春は医者に尋ねた。

「まだ分からぬ……」

医者は、苛立たしげに答えるだけだった。

おりんは祈るしかなかった。

下代の房吉が、血相を変えて駆け付けて来た。〝下代〟とは、商店の番頭に相当する者である。房吉は腕利きの下代であり、彦兵衛の右腕と呼ばれている男だ。

「おりんさん……」

房吉は息を弾ませた。

「房吉……」

おりんは、房吉が来たのに安心したのか、声に涙を滲《にじ》ませた。

「旦那……」

房吉は、心配げに昏睡状態の彦兵衛を覗き込んだ。彦兵衛の顔色は紙のように白かった。房吉は怒りを覚えた。

旦那が何をしたというのだ……。

「清次……」

房吉は、清次に厳しい眼差しを向けた。

「はい……」

「旦那とお前を襲った浪人ども、どんな野郎だ」

「一人は左頰に刀傷があって、もうひとりは髭面の野郎です」

「それで清次。今日は南町奉行所に行ったはずだけど、どうして遅くなったんだい」

おりんが尋ねた。

「それが帰りに大黒屋の旦那が、旦那さまを呼び止めて……」

「大黒屋の旦那……」

房吉は眉をひそめた。公事宿『大黒屋』の庄次郎は何かと噂のある男だ。

「はい。それで近くの小料理屋の座敷で半刻ほどお話し合いをされていました」

「何を話していたんだ」

「さあ、あっしは店の入れ込みの方にいましたんで、そいつは……」

「分からないか……」

「はい」

清次は項垂《うなだ》れた。

「房吉、叔父さんが襲われたのは、大黒屋の旦那と関わりがあるのかい」

おりんは眉をひそめた。

「いえ。まだ、そうと決まった訳じゃありませんが……」

「そう……」

「清次、旦那が手掛けていた公事訴訟で命を狙われるほど揉めているものはあるのか」

「とんでもない。そんな物騒な公事はありませんよ」

清次は否定した。

房吉は一人前の下代として公事訴訟を抱えており、清次は忙しい彦兵衛の手伝いをしている。房吉は、彦兵衛が扱っている公事訴訟にどんなものがあるのか知らなかった。

「そうか……」

「房吉。もし、公事訴訟に関わりがないとしたら、叔父さんどうして……」

おりんは、心細げに昏睡状態の彦兵衛を見つめた。彦兵衛の姪であるおりんは、
浅草の油問屋の若旦那の嫁になった。だが、若旦那は泥酔し、一尺ほどの深さの堀割に落ちて溺死した。おりんは若後家となり、叔父の家である『巴屋』に戻り、台所を取り仕切っていた。

「お嬢さん、南の御番所の同心の旦那と岡っ引が来ていますよ」

婆やのお春が顔を出した。

「分かったわ……」

おりんは、お春を従えて店先に向かった。

「清次、浪人どもは待ち伏せしていたんだな」

房吉は声を潜めた。

「きっと……」

清次は頷いた。

「そして、公事宿巴屋の彦兵衛かと確かめたか……」

「はい」

「って事は、浪人どもは旦那を知らなかった。つまり、誰かに金で雇われての仕業……」

房吉は事態を読んだ。

お春が再び顔を出した。

「清次、お前さんにもいろいろ訊きたいってさ」

同心と岡っ引が、彦兵衛と一緒にいた清次から事情を訊きたがるのは当然だ。

「じゃあ兄貴……」

清次は店先に行った。

彦兵衛の昏睡状態は続いている。

旦那……。

房吉は不安に駆られた。不安は日暮左近を思い出させた。

日暮左近は、記憶を失って流離《さすら》っていたところを彦兵衛に助けられ、公事宿『巴屋』の出入物吟味人になった。そして、様々な事件に関わり、己が秩父《ちちぶ》忍びだと知った。秩父忍びは壊滅に突き進んでいた。左近は、迎えに来た秩父忍びの陽炎《かげろう》と秩父に去った。そして、半年が過ぎていた。

「左近さん……」

房吉は思わず呟いた。

左近がいれば、これほどの不安を覚えずにいられるのかも知れない。

房吉の不安は募《つの》り、燭台《しょくだい》の灯りが揺れた。


夜が明けた。

彦兵衛は一命を取り留めた。意識は一度だけ僅かに取り戻したが、再び失っていた。

おりんと房吉たちは、一睡もせずに彦兵衛を見守った。

房吉の女房のお絹《きぬ》が駆け付け、おりんやお春の手伝いを始めた。

公事宿『巴屋』は、ようやく落ち着きを取り戻した。

彦兵衛を斬った浪人たちは、南町奉行所の同心や岡っ引の探索にも関わらず行方を眩《くら》ませていた。

おりんは房吉や清次と相談し、彦兵衛が扱っている公事訴訟を信頼出来る同業者に代わって貰う事にした。その中に『大黒屋』庄次郎はいない。

おりんと房吉は、手分けをして同業者に頼み、依頼人を送り届けた。

夕暮れ時、おりんは帰路についた。

赤い夕陽は沈み、青黒い空の逢魔《おうま》が時《どき》を迎えた。

おりんは、浜町河岸を馬喰町に急いでいた。

一瞬、辺りに人影が途絶え、行く手に頰に刀傷のある浪人が現れた。

叔父さんを斬った浪人……。

おりんは立ち止まり、頰に刀傷のある浪人を窺った。

刹那、背後に人の気配が湧いた。

おりんは振り返った。

髭面の浪人が、嘲笑を浮かべて背後にいた。

おりんは息を飲んだ。

次の瞬間、髭面の浪人が、おりんの鳩尾《みぞおち》に拳を叩き込んだ。

おりんは息を詰まらせた。そして、気が遠くなった。暗くなる眼の前に日暮左近の顔がいきなり浮かんだ。

左近さん……。

おりんがそう思った時、意識は途切れた。

頰に刀傷のある浪人は走った。

髭面の浪人は、塗笠を被った若い男と対峙《たいじ》していた。若い男の足許には当て落とされたおりんが倒れていた。

「邪魔をする気か……」

髭面の浪人は、怒りを滲ませて若い男を睨《にら》みつけていた。おりんを当て落とした直後、若い男は鋭い殺気を放ちながら不意に現れた。髭面の浪人は、思わず後退りして身構えた。若い男は長さ二尺三寸の大刀一振りを腰に差し、倒れているおりんを庇《かば》うように佇んだ。

「山村《やまむら》……」

頰に刀傷のある浪人は刀の柄を握り、髭面の浪人を呼んだ。

「沢井《さわい》、こいつは俺が引き受ける。お前は女を連れて行け」

山村と呼ばれた髭面の浪人は、満面に緊張を浮かべて刀を抜き払った。

「心得た」

沢井と呼ばれた頰に刀傷のある浪人は、気を失っているおりんを連れ去ろうと若い男の隙を窺った。山村は、若い男をおりんから引き離す為、鋭い抜き打ちを放った。だが、若い男は、山村の抜き打ちを揺れて躱《かわ》した。

「お、おのれ……」

山村は激しく動揺した。

鋭い抜き打ちは、必殺の一撃であるはずだ。だが、若い男は足を動かさず、身体を揺らして躱した。

山村の動揺は、微かな怯《おび》えを招いた。

「どうした山村、早くしろ」

沢井が苛立った。

山村は、広がる怯えを打ち消そうと猛然と若い男に斬り掛かった。同時に、若い男は真上に飛んだ。山村は狼狽《ろうばい》し、若い男を追って真上を見上げた。その顔に若い男の蹴りが叩き込まれた。首の骨の折れる鈍い音が、逢魔が時の青黒さの中に短く鳴った。

山村は、戸惑ったように首を傾け、ゆっくりと浜町堀に落ちて水飛沫をあげた。

鮮やかな蹴りの一撃だった。

「山村……」

沢井は僅かに怯《ひる》んだ。
若い男は沢井に振り返り、塗笠を僅かにあげた。
日暮左近だった。
「何故《なにゆえ》、この女を勾《かどわ》かそうとした」
左近は、沢井に静かに尋ねた。
沢井は、悔しげな笑みを浮かべて身体を翻《ひるがえ》した。
逢魔が時は終わった。
沢井は、訪れた夜の闇に走った。
左近は見送り、気を失って倒れているおりんを背負い、浜町河岸を馬喰町に向かった。

夜の闇は、公事宿『巴屋』を押し潰さんばかりに覆《おお》っていた。
軒行燈の小さな灯りだけが、懸命に夜の闇を押し返そうと足掻《あが》いている。
左近は、不吉な予感に襲われた。
半年振りに訪れた公事宿『巴屋』には、何かが起きている……。
左近は、背負ったおりんの重みを初めて感じた。

「ご免……」

おりんを背負った左近は、公事宿『巴屋』の店土間に入り、あがり框《かまち》におりんを寝かせた。

「お嬢さん……」

奥から出て来たお春が、悲鳴のように叫んでおりんに駆け寄った。

「お嬢さん、しっかりして下さい。お嬢さん」

お春は、気を失っているおりんを揺り動かし、涙声で呼び掛けた。

「どうしたお春さん」

房吉とお絹、奉公人たちが現れ、おりんとお春を取り囲んだ。

「おりんさん……」

房吉は呆然とし、お絹は顔色を変えた。

「大丈夫だ、房吉さん、お絹さん。おりんさんは気を失っているだけだ」

房吉とお絹は、聞き覚えのある声に弾かれたように土間を振り返った。

左近は塗笠を取った。

「左近さん……」

房吉とお絹は、半年振りに現れた左近を呆然と見つめた。

「やあ……」

日暮左近は微笑《ほほえ》んだ。

二

有明行燈《ありあけあんどん》の灯りは、辺りを仄《ほの》かに照らしていた。

彦兵衛は眠っていた。

「彦兵衛どの……」

左近は、彦兵衛に呼び掛けた。だが、彦兵衛は何の反応も見せず、眠り続けた。

左近は、彦兵衛の傷の様子を見て脈を測った。晒《さら》し布を染めている血は僅かであり、脈に乱れはなかった。

彦兵衛は死なぬ……。

左近はそう判断し、密かに安堵《あんど》した。

おりんは気を取り戻し、半年振りに現れた左近に助けられたのを知った。

気を失う寸前に見た左近の顔は幻じゃあなかった……。

おりんは、湧きあがる喜びを懸命に抑えた。

「それでおりんさん、襲って来た浪人どもは、旦那を斬った奴らなんですね」

房吉は眉をひそめた。

「ええ。清次が云っていた頬に刀傷のある奴と髭面の浪人でしたよ」

おりんは、恐ろしげに首を竦《すく》めた。

「浪人ども、お嬢さんをどうするつもりだったんだろうね」

お春は声を潜めた。

「左近さんの話じゃあ、何処《どこ》かに連れ去ろうとしていたそうですぜ」

房吉は首を捻《ひね》った。

「兄貴……」

清次が飛び込んで来た。

「どうした」

「浜町堀に浪人の死体があがりましてね。そいつが旦那を斬った浪人と一緒にいた髭面なんですよ」

「髭面の浪人、溺れ死んでいたのか」

「いいえ。首の骨を折られて死んでいるそうです」

「房吉……」

おりんは眉をひそめた。

「ええ。きっと左近さんが、おりんさんを助けようとした時でしょう」

房吉は苦笑した。

「ああ。流石《さすが》は左近さんだよ」

お春は嬉しげに笑った。

「兄貴。左近さんが、おりんさんを助けたってのは……」

清次は、怪訝《けげん》な眼差しを房吉に向けた。

「清次、首の骨を折られた浪人はな……」

房吉は、おりんが浪人たちに襲われ、半年振りに戻って来た左近に助けられた事を清次に教えた。

「それで、左近さんが髭面の浪人を……」

清次は、呆《あき》れたように納得した。

「ああ。いいざまだよ」

お春は楽しげに笑った。

彦兵衛は命を狙われ、おりんは勾かされそうになった。

公事宿『巴屋』は何者かに狙われている……。

狙っている者に心当たりはないか、左近はおりんと房吉に尋ねた。

「そいつなんですが、巴屋に公事訴訟で負けて恨んでいる奴は大勢います。そういう奴らの仕業かと……」

房吉の睨みにおりんが頷いた。

「でしたら、彦兵衛どのを殺そうとしたのは分かりますが、おりんさんの勾かしはどうなりますか……」

左近は、房吉の睨みに首を傾げた。

「それは……」

房吉とおりんは言葉に詰まり、顔を見合わせた。

「彦兵衛どのが気を取り戻せば何か分かるのでしょうが、今のところ、手掛かりは頬に刀傷のある浪人だけですか……」

「左近さん、旦那が南の御番所の帰り、公事宿大黒屋の旦那に呼び止められ、近くの小料理屋で何事か談合をしていたそうです。あっしは、そいつがどうも気になりましてね」

房吉は、思い切ったように己の疑念を述べた。

「大黒屋の旦那ですか……」

「はい。庄次郎って奴でしてね。何かと噂のある野郎です」

房吉は吐き棄てた。

「房吉さんは、大黒屋庄次郎が嫌いですか」

左近は小さく笑った。

「昔、出入りの邪魔をされた事がありましてね。汚ねえ野郎ですよ」

「彦兵衛さん、その庄次郎と何を談合したのですか」

「そいつが、お供の清次は店の入れ込みに残されて、談合の中身は分からないのです」

房吉は、苛立たしさを滲ませた。

「成る程。おりんさんはどう思います」

「私、大黒屋の旦那とは逢っても挨拶をするぐらいでして。でも、目付きがあんまり感じの良い人じゃないわね」

おりんは眉をひそめた。

「そうですか……」

公事宿『大黒屋』庄次郎……。

探ってみる必要があるのかも知れない。

左近は思いを巡らせた。

「それより左近さん、今までずっと秩父にいたのですか」

おりんは尋ねた。

「えっ、ええ……」

左近は言葉を濁した。

「陽炎さんも……」

「はい」

秩父忍びの陽炎は、左近を兄の敵《かたき》として付け狙っていた女忍者だ。だが、左近が兄を手に掛けた背後に秘められた真相を知り、その憎しみを消した。以来、陽炎は左近と行動を共にし、秩父忍びの総帥玄斎《そうすいげんさい》の許に帰った。そして、半年が過ぎ、左近は江戸に戻って来た。

「じゃあ、今度も一緒に……」

おりんは、左近に探る眼を向けた。

「いいえ……」

　左近の返事は短かった。

「とにかくおりんさん。巴屋は狙われている。おりんさんは勿論《もちろん》、房吉さんやお絹さん、それにお春さんたち奉公人のみんなも充分に気をつけるんですね」

「ええ。あっしもお絹を家に一人で置いておけないので、しばらく巴屋の厄介《やっかい》になるつもりです」

　房吉は真顔で頷いた。

　左近は、素早く話題を替えた。それは、陽炎や秩父忍びに触れられたくない思いが潜んでいるのかも知れない。

　おりんはそう感じた。

「それで左近さんは……」

　房吉は、心配げな眼差しを左近に向けた。

「出来るものなら、巴屋の出入吟味人に雇って戴きたい」

　左近は告げた。

「そいつは願ったり叶《かな》ったりだ。ねえ、おりんさん」

　房吉は喜んだ。

「ええ……」

おりんも声を弾ませた。

「ならば、よろしくお願いします」

左近は、再び公事宿『巴屋』の出入吟味人になった。


夜、左近は『巴屋』の屋根にあがり、眼下に広がる町並みを見下ろした。

町は月明かりを浴びて寝静まっている。

不審なところはない……。

左近は月を見上げた。

月は蒼白く輝いていた。

左近は、腰に差していた無明刀《むみょうとう》を抜いた。

二尺三寸、幅広肉厚の無明刀は、月明かりに妖しく輝いた。

左近は、眩しげに無明刀を見つめた。

無明刀の妖しい輝きに陽炎の顔が浮かんだ。

左近は、秩父忍び再興を願って姿を消した陽炎を思い出した。

陽炎……。

左近は無明刀を振るった。

無明刀は、閃光となって夜の暗がりを斬り裂いた。

日本橋から日本橋通りを南に進み、南伝馬町《みなみでんまちょう》一丁目を東に入ると正木町《まさきちょう》になる。

その正木町に公事宿『大黒屋』はあった。

正木町は、北町奉行所のある呉服橋《ごふくばし》や南町奉行所のある数寄屋橋《すきやばし》に近く、『大黒屋』は公事宿としての地の利を得ていた。『大黒屋』は繁盛しており、地方から出て来た依頼人が大勢泊まっていた。左近は、物陰に潜んで『大黒屋』の様子を窺った。

押し出しの良い初老の男が、奉公人たちに見送られて出掛けた。

大黒屋庄次郎……。

左近の直感が囁いた。

庄次郎は、見知った人々に笑顔を向け、商人らしく腰を屈めて行く。左近は、その笑顔に嘲《あざけ》りと侮《あなど》りが潜んでいるのに気付いた。

裏のある男……。

左近は、房吉やおりんが庄次郎を嫌う理由を知った。

彦兵衛は、その『大黒屋』庄次郎と何を談合したのか……。

左近は気になった。

庄次郎は、日本橋通りをゆったりとした足取りで京橋に向かった。公事訴訟の審理は月番の町奉行所で行われる。

庄次郎は、数寄屋橋御門内にある月番の南町奉行所に行く。

左近はそう読んだ。

庄次郎は、左近の読みの通り数寄屋橋を渡って南町奉行所に入った。左近は見届け、馬喰町の『巴屋』に戻った。

日本橋馬喰町は、日本橋から両国に抜ける道筋にあり、多くの人が行き交っていた。

左近は、馬喰町一丁目の角を曲がった。その通りに公事宿『巴屋』はあった。

公事宿『巴屋』の向かい側には煙草屋《たばこや》があり、店番の婆さんと米屋の隠居が長閑《のどか》に世間話をしていた。

煙草屋の婆さんと隠居は、婆やのお春の誇る見張りたちだった。公事宿は逆恨みされる事が多い。以前、『巴屋』がそうした者から付け火をされそうになった時、煙草屋の婆さんたちが騒ぎ立てて防ぐ事が出来た。

左近は辺りを一瞥《いちべつ》し、異様な気配を敏感に感じ取った。

何者かが『巴屋』を見張っている……。

左近は、『巴屋』の店先を見通せる場所を窺った。見張りは手慣れているとみえ、その姿を露わにしてはいなかった。流石のお春自慢の見張りたちも、気付いているようすはない。

左近は裏通りに急いだ。そして、妾稼業《めかけかぎょう》の女の家の庭を抜け、裏手から『巴屋』に入った。その道筋は、彦兵衛が妾稼業の女に金を渡して作った『巴屋』の抜け道だった。

左近は店先に急いだ。

「どうしました左近さん」

房吉が眉をひそめた。

「店を見張っている者がいます」

左近は、店の暗がりから外を見廻した。だが、見張っている者の姿はやはり見えなかった。

「何処です」

房吉は声を潜めた。

「見えません……」

左近は眉をひそめた。

「どうします」

「折角来てくれた手掛かりです。誘《おび》き出して締め上げます」

「あっしは何をします」

房吉は身を乗り出した。

「房吉さんは、巴屋を頼みます」

「一人で大丈夫ですか」

房吉は、心配げに眉をひそめた。

「心配は無用です」

左近は不敵に笑った。

夕暮れ時、『巴屋』から左近が現れ、辺りを見廻して浜町堀に続く神田堀《かんだぼり》に向かった。

派手な半纏《はんてん》を着た男が、斜向《はすむ》かいの髪結床《かみゆいどこ》の裏から現れて左近を追った。

左近は神田堀沿いの道に出た。半纏を着た男は追った。

現れた……。

左近は、ゆったりとした足取りで神田堀を抜け、岩井町に進んだ。そして、玉池《たまいけ》稲荷に向かった。

玉池稲荷にはお玉が池がある。お玉が池は、桜が池という名であったが、お玉という娘が身投げをして以来、お玉が池と呼ばれるようになった。そして、お玉の霊を慰める為に建てられたのが玉池稲荷である。

左近は振り返りもせず、藍染川《あいぞめがわ》に架かる弁慶橋《べんけいばし》を渡った。

半纏の男は、充分な間隔を取って尾行してきた。

夕陽はすでに沈み、青黒い空の逢魔が時に覆われた。

玉池稲荷に参拝者はいなく、境内《けいだい》には風が吹き抜けていた。

左近は、急に足取りを速めて玉池稲荷の境内に入った。半纏の男は、慌てて左近を追って境内に駆け込んだ。だが、境内に左近はいなかった。半纏を着た男は、境内からお玉が池に急いだ。

風が吹き抜け、お玉が池に小波《さざなみ》が走り、木々の梢《こずえ》が揺れた。

半纏を着た男は、お玉が池の畔《ほとり》に左近を探した。だが、左近の姿は見当たらなかった。

「野郎……」

半纏を着た男は焦った。

「丈吉《じょうきち》……」

二人の浪人が追って来た。

「野郎は……」

二人の浪人は、丈吉と呼んだ半纏を着た男に尋ねた。左近を追っていたのは丈吉だけではなかった。二人の浪人は、丈吉の動きを見張っていたのだ。

「そいつが、いなくなっちまって……」

丈吉は悔しげに告げた。

「くそっ……」

二人の浪人は、苛立たしげに池の畔を見廻した。

刹那、左近が木の上から飛び降りて来て、浪人の一人に鋭い蹴りを浴びせた。浪人は大きく仰《の》け反《ぞ》り、お玉が池に弾き飛ばされた。水飛沫が大きくあがった。

「おのれ」

残る浪人は、突きあがる恐怖を振り払うように左近に斬り掛かった。

左近は、浪人の斬り込みを見切り、僅かに体を躱して首の後ろに手刀を鋭く叩き込んだ。浪人は顔面から落ち、地面に激しく叩きつけられた。丈吉は慌てて逃げようとした。左近は、丈吉の頭上を跳び越して着地した。そして、振り向きざまに丈吉を殴り飛ばした。丈吉は、鼻血を飛ばして倒れた。

一瞬の出来事だった。

左近は、鼻血を流して倒れている丈吉の胸倉を摑んで引きずりあげた。

丈吉は恐怖に突き上げられた。

「誰に頼まれて俺を尾行《つけ》る」

左近は、丈吉を厳しく見据えた。

「そ、それは……」

丈吉は言葉を濁した。

「云わなければ、お玉が池の底に沈んで貰う」

左近は嘲笑を浮かべた。

「云う。云うから命だけは助けてくれ」

丈吉の恐怖は頂点に達した。

刹那、左近は丈吉を突き倒して宙に飛んだ。半弓の矢が唸りをあげて飛び抜けた。左近は矢の射られた場所を探った。矢は稲荷堂の屋根の上から射られていた。左近は稲荷堂に走った。だが、続いて射られた矢は、丈吉の心の臓を深々と貫いた。

しまった……。

左近は、前のめりに崩れる丈吉を眼の端に入れ、地を蹴って稲荷堂の屋根に飛んだ。同時に、屋根の上から半弓を持った覆面をした背の高い侍が飛び降りた。

左近は追った。

覆面の侍は、神田川に架かる和泉橋《いずみばし》の船着場に駆け下りて猪牙舟《ちょきぶね》に飛び乗った。

左近は、追って猪牙舟に飛んだ。覆面の侍は、宙を飛んで襲い掛かる左近に刀を横薙《よこな》ぎに一閃させた。左近は無明刀で打ち払い、猪牙舟を蹴って対岸に飛んだ。覆面の侍の乗った猪牙舟は、流れに乗って神田川を一気に下った。左近は、宙を飛んでなおも覆面の侍を襲った。覆面の侍は、襲い掛かる左近を必死に打ち払った。猪牙舟は新《あたら》シ橋《ばし》や浅草御門を抜けて柳橋《やなぎばし》に差し掛かった。柳橋を抜ければ大川だ。左近は微かな焦りを覚えた。大川は幅九十六間余もあり、逃げ込まれると探すのは容易ではない。

左近は夜空に飛んだ。

猪牙舟は柳橋を潜って大川に出た。

大川は夜の舟遊びの季節を迎え、屋根船や屋形船が華やかな明かりを灯して行き交っていた。

追って来た男は消えた。

覆面の侍は安堵の吐息を洩らした。

公事宿『巴屋』の用心棒は何者なのだ……。

忍びの者なのは間違いない。

覆面の侍は、思いを巡らしながら猪牙舟の舳先《へさき》を新大橋に向けた。そして、大川を横切って新大橋を潜り、深川小名木川《ふかがわおなぎがわ》に入った。

亥《い》の刻四つ半（午後十一時）が過ぎた。

房吉と清次は、店に明かりを灯して左近の帰るのを待っていた。

「遅いですね。左近さん……」

清次は、心配げに眉をひそめた。

「左近さんの事だ。心配いらないさ」

房吉は、己に言い聞かせるように答えた。

「そうですよね」

清次は、自分を励ますように頷いた。

燭台の明かりは、房吉と清次の願いとは裏腹に不安げに瞬いた。


「おりん……」

転寝《うたたね》をしていたおりんは、彦兵衛の微かな声に眼を覚ました。

「叔父さん……」

おりんは、有明行燈の明かりを頼りに彦兵衛の顔を覗き込んだ。

「おりん……」

彦兵衛は微かに眼をあけた。

「叔父さん。良かった……」

おりんは涙ぐんだ。

「清次は……」

「無事にしていますよ」

「そうか……」

彦兵衛は、安心したように眼を瞑《つぶ》った。

「叔父さん、どうして襲われたの」

「分からん。で、どうなっている」

彦兵衛は、眼を瞑ったまま尋ねた。

「叔父さんが斬られた後、私も勾かされそうになりましてね」

「おりんも……」

彦兵衛は驚いた。

「ええ。でも、左近さんが助けてくれました」

「左近……」

彦兵衛は戸惑った。

「ええ。日暮左近さんですよ」

おりんは、安心させるように告げた。

「そうか、左近さんが戻って来たか」

彦兵衛は、嬉しげな笑みを浮かべた。

三

深川小名木川は、川幅二十間余りで中川までの一里十町の流れをいう。その後、小名木川は舟堀川《ふなぼりがわ》となって一里二十町で利根川《とねがわ》に続く。小名木川は下総《しもうさ》の行徳《ぎょうとく》に通い、塩などを江戸に運ぶ為に整備された川である。

覆面の侍が操る猪牙舟は、大川から小名木川に入った。そして、万年橋《まんねんばし》を潜って夜の小名木川を進んだ。

小名木川は、南岸の海辺大工町《うみべだいくまち》を過ぎると両側に武家屋敷が並んでいる。北岸には紀州藩《きしゅうはん》、御三卿の田安家《たやすけ》、津藩《つはん》などの江戸下屋敷、南岸には鋳銭所《ちゅうせんじょ》である銀座御用屋敷《ぎんざごようやしき》を始めとして様々な大名家の下屋敷が甍《いらか》を連ねていた。

覆面の侍の操る猪牙舟は、暗い小名木川の流れを進んだ。そして、北岸にある武家屋敷の水門を潜って船溜りに入った。水門番が水門の柵を閉めた。

左近は見届けた。

小名木川の暗い流れから左近が浮かび上がった。左近は神田川で流れに入り、泳いで猪牙舟の尾行をして来たのだ。

左近は対岸の道にあがり、猪牙舟が入った武家屋敷を見上げた。

何者の屋敷だ……。

武家屋敷は夜の闇に包まれていた。彦兵衛とおりん襲撃の背後には、かなりの身分の武家が絡んでいるのかもしれない。

左近は、意外な成り行きに微かに戸惑った。

月影は小名木川の川面に映え、揺れて切れ切れに流れていた。


公事宿『巴屋』は明るさを取り戻した。

左近と彦兵衛は再会を喜んだ。そして、おりんや房吉たちを交えて事件について語り合った。

左近は、『巴屋』を見張り、己を尾行した丈吉の顚末《てんまつ》を語った。

「小名木川沿いのお武家のお屋敷ですか」

「はい」

「房吉、切絵図を調べてみな」

彦兵衛は、房吉に指示した。房吉は切絵図を広げ、深川小名木川を示した。

「これが小名木川です」

左近は、切絵図を覗き込んだ。

「この屋敷です」

左近は、小名木川の北岸にある武家屋敷を指差した。そこには、小嶋武蔵守《こじまむさしのかみ》の文字と小さな黒丸が記されていた。切絵図の黒丸は大名家の江戸下屋敷の目印である。

因《ちな》みに、江戸上屋敷には家紋が描かれ、中屋敷には小さな黒い四角が記されている。

「小嶋武蔵守の江戸下屋敷ですか……」

左近は読んだ。

「小嶋武蔵守さまか……」

彦兵衛は天井を見上げた。

「叔父さん、知っているの」

おりんは、形の良い眉をひそめた。

「小嶋武蔵守さまは、武蔵国高坂藩《たかさかはん》五万石のお大名でな。私はその高坂藩江戸屋敷の勘定組頭《かんじょうくみがしら》松岡左兵衛《まつおかさへえ》さまと知り合いだった」

彦兵衛の天井を見上げる眼差しに哀しみが過《よ》ぎった。

「その松岡左兵衛さま、どうかされたのですか」

左近は、彦兵衛の哀しみに気付いた。

「五日前、御役御免になり、急な病で亡くなった」

「急な病……」

左近は彦兵衛の哀しみの理由を知り、おりんと房吉は困惑を浮かべた。

「ええ……」

「何故、御役御免になったのですか」

「それが皆目……」

彦兵衛は、首を横に振って吐息を洩らした。

「彦兵衛どの。もし、あなたやおりんさんが襲われたのが、松岡どのに関わりがあるとしたなら、あなたは松岡どのに何か聞いているはずです。心当たりありませんか」

左近は身を乗り出した。

「松岡さまとは十日ほど前にお逢いしましたが……」

「その時、何か聞きませんでしたか」

「そうですねえ……」

彦兵衛は思いを巡らせた。

「じゃあ左近さん、叔父さんや私が襲われたのは、叔父さんが松岡さまから何か聞いたからなのですか」

おりんは眉をひそめた。

「決め付けられませんが……」

「でも私は……」

おりんは困惑した。

「彦兵衛さんが、何をどう話していたかを確かめるためではないでしょうか」

左近は読んだ。

「そうか……」

おりんは頷いた。

「そういえば松岡さま、御留守居役《おるすいやく》の公金の使い方が激しいと嘆いていましたが、他には取り立てて……」

彦兵衛は、申し訳なさそうに告げた。

「その留守居役の名は……」

「確か堀三郎兵衛《ほりさぶろべえ》さまとか……」

「堀三郎兵衛……」

左近の眼が鋭く輝いた。

「はい」

「ところで旦那。浪人どもに襲われた日、大黒屋の旦那とお逢いになられたとか。何のお話を……」

房吉は、彦兵衛に厳しい眼を向けた。

「うん。大黒屋庄次郎とは世間話と扱っている出入りの話を肴《さかな》に酒を飲んで……」

「旦那、評判の悪い大黒屋の旦那です。世間話だけじゃあすまないはずですぜ」

房吉は眉をひそめた。

「そういえば、日本橋の堀留川《ほりどめがわ》一帯の地所の沽券状《こけんじょう》を買い集めている者がいるらしいが、聞いた事はないかと云って来た」

「堀留川一帯の地所ですか……」

左近は切絵図を思い浮かべた。堀留川一帯には小舟町《こふなちょう》と堀江町《ほりえちょう》があり、明暦《めいれき》の大火までは公儀公認の遊廓・吉原《よしわら》と称された場所だ。

「で、旦那は何と……」

房吉は身を乗り出した。

「噂は聞いたことがあるが、詳しくは知らないと答えたよ」

「そうですか。で、他には……」

房吉は食い下がった。

「いや……」

彦兵衛は、疲れたように眼を瞑った。

「房吉、今はもうこれぐらいに……」

おりんは困惑を浮かべた。

「こいつは……。申し訳ありません旦那」

房吉は、彦兵衛の病状を思い出し、慌てて詫びた。

「いや……」

「じゃあ左近さん、今夜はこれぐらいにして引き取りましょう」

「はい……」

左近と房吉は、彦兵衛の病室を出て店先に戻った。

行燈の明かりは、左近と房吉の影を壁に映した。

左近と房吉は、店の帳場で向かい合った。

「さあて、どうします」

房吉は、茶を淹《い》れて左近に差し出した。

「武蔵国は高坂藩の内情を探ってみます」

「じゃあ、あっしは大黒屋庄次郎を……」

房吉は茶を飲んだ。

「それから左近さん。旦那、このまま店にいて貰っていいでしょうか」

「彦兵衛どのが命を取り留めたのは、襲った者たちにはすでに知られていますか」

左近の眼が鋭く輝いた。

「きっと。ですからまた襲われるかも……」

房吉は顔を強張らせた。

「仰《おっしゃ》る通りですね」

左近は頷いた。

「ですが、身を隠して貰うにしても、波除稲荷裏の寮を始めとした巴屋縁《ゆかり》の処は知られているかも知れませんよ」

房吉は、不安げな視線を左近に向けた。

「向こうにも抜かりはありませんか」

「ええ……」

房吉は困惑を滲ませた。

「分かりました。彦兵衛どのが身を潜める処は私が何とかしましょう」

「心当たりあるんですか」

「ええ……」

左近は小さく笑った。


公事宿『巴屋』の周囲に不審な人影はない。

丈吉と浪人たちの見張りが破られたばかりだ。敵が次の手を打つには間がある。

その間に彦兵衛どのを隠すのが上策……。

左近は、風を巻いて夜の闇を走った。

半刻後、左近は『巴屋』に戻り、彦兵衛を背負い、お絹を連れて再び夜道に消えた。

おりんと房吉は店の中から見送った。

房吉は、おりんも彦兵衛と一緒に行くように勧めた。しかし、おりんは彦兵衛のいない『巴屋』を護《まも》らなければならないと言い張った。

左近と房吉はおりんの覚悟を知った。そして、彦兵衛の看病をお絹に頼んだ。

「おりんさん……」

「房吉、よろしく頼んだよ」

おりんは、淋しげな笑みを浮かべた。

「はい……」

房吉は、真剣な面持ちで頷いた。


小名木川には朝霧が漂っていた。

武蔵国高坂藩江戸下屋敷は、表門を閉じたままだった。

朝霧を揺らし、左近が高坂藩江戸下屋敷の表門の上に現れた。

大名家の江戸下屋敷は、別荘的な役割であり、普段は留守居の藩士が数人いるだけだ。

左近は、留守居の藩士たちが暮らしている侍長屋を窺った。留守居の藩士と奉公人はまだ眠っているのか、侍長屋は朝の活気も見せず朝霧に沈んでいた。

左近は、侍長屋の空き家に忍び込んだ。そして、天井裏にあがり、連なる侍長屋の家々の様子を窺った。家々は薄暗く、男の鼾《いびき》や寝息が聞こえた。左近は、半弓で丈吉を射殺した覆面の侍を探した。

五軒目の家に人の動く気配がした。

左近は己の気配を消し、五軒目の家を覗いた。薄暗さの中で背の高い藩士が着替えていた。

左近は、微かな気配を短く放った。

背の高い藩士は、鋭い眼差しで天井を見つめた。

左近は素早く気配を消した。

一瞬の出来事だった。

背の高い藩士は己の勘違いだと苦笑し、手早く着替えを進めた。

丈吉を射殺した覆面の侍……。

左近は、背の高い藩士の身のこなしを見て確信した。そして、侍長屋の天井裏から屋根の上に戻った。

朝霧はすでに消えていた。

中間《ちゅうげん》や下男がようやく起き出し、下屋敷は遅い朝を迎えていた。下屋敷といえども大名屋敷だ。

厳しさがない……。

左近は、高坂藩の家中に弛《ゆる》みがあるのを感じた。

公事宿の朝は早い。

日本橋正木町の公事宿『大黒屋』は、出入り訴訟で月番の南町奉行所に行く下代と依頼人たちで賑わっていた。

房吉は、斜向かいの路地に潜み、『大黒屋』の主・庄次郎を見張っていた。

庄次郎に動きはなかった。

房吉は、辛抱強く見張りを続けた。

日本橋の通りは行き交う人々で賑わい始めた。


高坂藩江戸下屋敷の表門前は、中間たちによって掃除がされた。

背の高い藩士が出て来た。

「お早うございます。お出掛けにございますか」

中間は箒《ほうき》を持つ手を休めた。

「うむ……」

背の高い藩士は頷き、小名木川沿いの道を大川に向かった。

中間は頭を下げて見送った。

「つかぬ事を尋ねるが、あの者は佐藤涼一郎だな」

左近は、中間に背後から厳しい声音で尋ねた。中間は左近の不意の質問に驚き、戸惑いを浮かべた。

左近は、背の高い藩士の背を、襲い掛からんばかりに睨み付けた。

「いいえ、違います。あの方は村上源一郎《むらかみげんいちろう》さまにございます」

中間は怯えを浮かべて慌てた。

「村上源一郎だと……」

「は、はい」

「そうか、別人か。造作を掛けたな」

左近は、背の高い藩士を追って小名木川沿いを進んだ。

村上源一郎……。

背の高い藩士の名は分かった。

左近は足を速め、村上との間を詰めた。

村上源一郎は、小名木川沿いの道を足早に進んだ。

左近は尾行した。

小名木川の流れは朝陽を受けて煌めいていた。

公事宿『大黒屋』から旦那の庄次郎が現れ、奉公人たちに見送られて出掛けた。

房吉は尾行を開始した。

庄次郎は、楓川《もみじがわ》沿いの道を日本橋川に向かった。房吉は行き交う人に紛《まぎ》れ、庄次郎を追った。船の行き交う日本橋川が、行く手に見えてきた。

外濠から続く日本橋川には、上流から一石橋《いっこくばし》、日本橋、江戸橋と架かり、鎧ノ渡から霊岸島《れいがんじま》を通って永代橋《えいたいばし》の傍から大川に流れ込んでいる。

庄次郎は、江戸橋を渡って両国に向かった。そして、両国広小路から神田川に架かる柳橋を渡り、蔵前《くらまえ》通りを浅草広小路に急いだ。

行き先は浅草広小路……。

房吉は庄次郎を追った。


村上源一郎は、小名木川から竪川《たてかわ》に抜けて二つ目之橋を渡り、本所《ほんじょ》に入った。そして、二つ目之通りを進んで大川に出た。

大川には多くの船が行き交っていた。

村上は、大川沿いの道を吾妻橋《あづまばし》に向かった。

行き先は浅草……。

左近は追った。

浅草広小路は、金龍山浅草寺《きんりゅうざんせんそうじ》の参拝客で賑わっていた。

料理屋『花乃井《はなのい》』は、吾妻橋の西詰、花川戸町《はなかわどちょう》にあった。

村上は、大川に架かる吾妻橋を渡り、料理屋『花乃井』の暖簾を潜った。

誰かと逢うのか……。

左近は、『花乃井』の周囲を廻り、忍び口を探した。そして、黒塀の横手の勝手口から忍び込む事にした。だが、勝手口の向こうの井戸端では板前や女中たちが忙しく働いていた。

時は刻々と過ぎ、左近は焦った。

井戸端から人影が消えた。

左近は素早く忍び込み、大川を背にした庭に急いだ。そして、庭の植え込み伝いに座敷に近づいた。その時、村上源一郎が奥から廊下に現れ、店先に向かって行った。

もう帰るのか……。

左近は、『花乃井』の屋根に飛んで店先に走り、店の脇の植え込みの陰に降り、下足番の老爺の隙を窺って塀の外に出た。僅かに遅れて村上が、仲居や下足番の老爺に見送られて出て来た。その時、公事宿『大黒屋』庄次郎がやって来た。村上と庄次郎は、挨拶を交わさず眼も合わせずに擦れ違った。村上は吾妻橋に戻り、庄次郎は『花乃井』に入った。

大黒屋庄次郎……。

左近は戸惑った。

「左近さん……」

房吉が現れた。

「房吉さん……」

左近は眉をひそめた。房吉は、公事宿『大黒屋』庄次郎に張り付いているはずだ。

「左近さんがここにいるって事は……」

房吉が思いを巡らせた。

「丈吉を弓で射殺した男が、今までこの花乃井にいたんです」

「いたってのは……」

房吉は戸惑った。

「たった今、庄次郎と眼も合わせずに出て行った」

「どういう事ですか」

房吉は混乱した。

公事宿『大黒屋』の庄次郎が、高坂藩と関わりがあれば、藩士の村上源一郎と逢って何らかの反応を見せるはずだ。だが、庄次郎と村上は、見知らぬ同士が擦れ違っただけに過ぎなかった。

「まさか、芝居をしたってのは……」

房吉は疑った。

「いや。そうは見えなかった」

左近は言い切った。

「そうですか……」

「それより、庄次郎は何しに花乃井に来たかです」

「ええ。誰かと逢っているんですかね。ちょいと探りを入れて見ます」

房吉は、料理屋『花乃井』の暖簾を潜って下足番の老爺に声を掛けた。下足番の老爺は、怪訝な眼差しを房吉に向けた。房吉は、素早く老爺に金を握らせた。老爺は歯の抜けた口元に笑みを浮かべた。

「大黒屋の旦那、誰と逢っているのかな」

房吉は声をひそめた。

「お侍ですよ」

「侍。何処の誰か、分かるかな」

「さあ。お大名の家来だそうだが、浅葱裏《あさぎうら》じゃあねえし、ありゃあ江戸詰のお偉いさんだな」

〝浅葱裏〟とは、浅葱木綿《もめん》を裏地に使った羽織を着ている田舎武士を指した。つまり、大名家の浅葱裏とは、国許から出て来た勤番《きんばん》武士をいった。

「何処の大名の家来かは分からないか……」

「ああ……」

老爺は、貰った金を握り締めた。

『大黒屋』庄次郎は、料理屋『花乃井』で大名家の江戸詰の重臣と逢っている。

「父っつぁん、その侍が出て来たら教えちゃあくれねえかな」

房吉は、新たな金を握らせて頼んだ。

「お安いご用だ。任せてくれ」

下足番の老爺は、嬉しげに引き受けた。

大名家の江戸詰の重臣……。

江戸詰の重臣には、江戸家老や留守居役などがいる。

左近は、彦兵衛の言葉を思い出した。

高坂藩勘定組頭松岡左兵衛は、留守居役の堀三郎兵衛の公金の使い方を心配していた。

庄次郎が逢っている相手は、高坂藩江戸留守居役堀三郎兵衛なのか。もし、そうであれば、村上源一郎が逢った相手も堀三郎兵衛に違いない。

「江戸留守居役堀三郎兵衛ですか……」

房吉は眉をひそめた。

「ええ。彦兵衛どのと親しくしていた松岡さんの話の時に出て来た奴です」

「もし、その堀だったら、左近さんが追って来た村上源一郎も逢ったはずですね」

「きっと……」

左近は頷いた。

「じゃあまずは、庄次郎が逢っている侍が、その堀三郎兵衛かどうか確かめますか」

房吉は小さく笑った。

「それがいいでしょう」

左近と房吉は物陰に潜み、庄次郎と大名家の重臣が出て来るのを待った。

半刻が過ぎた。

料理屋『花乃井』に町駕籠《まちかご》が呼ばれた。

下足番の老爺が、表に出て来て大きく背伸びをした。房吉と決めた合図だった。

「左近さん、侍が帰ります」

左近と房吉は、物陰から見守った。

『花乃井』から頭巾《ずきん》を被った武士が、供の侍を従えて出て来た。そして、女将《おかみ》や仲居たちに見送られて町駕籠に乗り、浅草広小路に向かった。

「私が追います。房吉さんは庄次郎を……」

「承知しました」

左近は、房吉を残して頭巾の武士が乗った町駕籠を追った。町駕籠と供の侍は、浅草広小路を抜けて下谷《したや》に進んだ。

左近は追った。

房吉は、料理屋『花乃井』から庄次郎が出て来るのを待った。

四

本所回向院《えこういん》門前の場末の飲み屋は、昼間から浪人や博奕《ばくち》打ちで賑わっていた。

「いらっしゃい」

亭主の五平《ごへい》が、村上源一郎を迎えた。

「いるか……」

村上源一郎は、飲み屋の亭主に尋ねた。

「ああ、奥の座敷ですぜ」

村上は、五平が示した奥の座敷に向かった。

「沢井、村上だ」

「入れ」

村上は、襖《ふすま》を開けて奥座敷に入った。

頬に刀傷のある浪人・沢井淳之介《じゅんのすけ》が厚化粧の酌婦を相手に酒を飲んでいた。村上は、酌婦を厳しく一瞥した。

「おい……」

沢井は頬の刀傷を歪《ゆが》めて笑い、酌婦に出て行くように促した。

「はいはい……」

酌婦は、不服気に座敷から出て行った。

「何だ」

沢井は酒を啜《すす》った。

「焼き討ちを掛けて息の根を止める。人数を集めてくれ」

「丈吉たちはどうした」

「役立たずは始末するしかあるまい」

村上は嘲笑を滲ませた。

「若い浪人か……」

沢井は眉をひそめた。

「ああ。何者か知らぬが、恐ろしいほどの使い手。おそらく忍びだ」

「忍び……」

沢井の眼が鋭く光った。

「うむ。違いあるまい」

「よし。焼き討ちの手立て、詳しく話してくれ」

沢井は、猪口《ちょこ》の酒を飲み干した。

頭巾の武士を乗せた町駕籠は、供の侍を従えて三味線堀《しゃみせんぼり》傍の武家屋敷街に入った。

左近は追った。

町駕籠は大名屋敷の前で停まり、厳しい面持ちの壮年の武士が降りた。壮年の武士は、頭巾を町駕籠の中で外しており、門番や中間たちに迎えられて大名屋敷の門を潜った。供の侍は、駕籠舁《かき》に酒手を払って後を追った。

左近は見届けた。そして、大名屋敷が高坂藩江戸上屋敷だと知った。

壮年の武士は、留守居役の堀三郎兵衛なのか……。

左近は屋敷の裏手に廻った。

高坂藩江戸上屋敷は五千坪余りの敷地に建っており、藩主と家臣たちのいる〝表〟と奥方たちの暮らす〝奥〟とに別れ、四方を侍長屋と足軽長屋、御厩《おんまや》などに囲まれていた。

左近は、人気のない裏手から足軽長屋の屋根にあがり、続いて母屋《おもや》の大屋根に飛んだ。そして、〝表〟の屋根から天井裏に忍び込んだ。

天井裏は薄暗く、埃《ほこり》と黴《かび》の臭いが漂っていた。左近は、梁伝《はりづた》いに眼下の座敷を窺いながら進んだ。

無人の御座の間、家臣たちが詰めている取次ぎ番所、書院、広間。左近は、町駕籠で戻って来た壮年の武士を探し、眼下の座敷を覗き歩いた。

壮年の武士は、屋敷の隅の用部屋にいた。

左近は、天井板を僅かにずらし、用部屋を窺った。

壮年の武士は、厳しい面持ちで書状を書いていた。

「堀さま……」

障子の外の廊下に家臣がやって来た。

「前田《まえだ》か」

〝堀〟と呼ばれた壮年の武士は、書状を書き続けた。

壮年の武士は、やはり留守居役の堀三郎兵衛だった。

「はっ」

「入るが良い」

前田と呼ばれた家臣が用部屋に入って来た。

「金子《きんす》は用意できたか」

堀は、手紙を書き終えて尋ねた。

「はい。金子千両、すでに用意を致しましたが、勘定組頭の署名と爪印《つめいん》がなければ持ち出せません。松岡さまがいない今……」

前田は怯えを滲ませた。

「前田敬之進《けいのしん》……」

堀は、前田を厳しく見据えた。

「ははっ」

前田は慌てて平伏した。

「その方、今日から急な病で死んだ松岡左兵衛に代わり、勘定方組頭だ」

「えっ……」

「御家老も承知のこと故、早々に署名爪印をし、金子を持って参れ」

「ははっ……」

前田は後退りして平伏し、足早に堀の用部屋を出て行った。

「臆病者が……」

堀三郎兵衛は嘲りを浮かべて見送り、冷たく吐き棄てた。

留守居役・堀三郎兵衛は、千両もの藩の公金を使って何かを企《くわだ》てている。勘定組頭の松岡左兵衛は、その企てに反対して御役御免になったのかも知れない。

堀の企てとは何か……。

そして、堀の企てと彦兵衛とおりん襲撃はどう関わっているのか……。

左近は思いを巡らせた。

僅かに差し込んでいる斜光は、埃に渦を巻かせていた。


公事宿『大黒屋』庄次郎は、花川戸の料理屋『花乃井』を出て大川に向かった。

房吉は追った。

大川は緩《ゆる》やかに流れていた。

庄次郎は、吾妻橋の下の船着場で猪牙舟を雇った。

しまった……。

房吉は焦った。

庄次郎を乗せた猪牙舟は、大川を下って両国に向かった。

房吉は、猪牙舟を追って大川沿いの道を走った。そして、材木町《ざいもくちょう》にある竹町之《たけちょうの》渡《わた》し場に差し掛かった。房吉は空き舟を探した。

「おう、房吉っつぁんじゃあねえか」

渡し場に猪牙舟を繋いでいた船頭が、房吉に声を掛けた。『巴屋』出入りの船宿

『鶴《つる》や』の船頭の平助《へいすけ》だった。

「こりゃあ平助さん。ちょいと猪牙、使えるかな」

「ああ。半刻ぐらいなら大丈夫だぜ」

「助かった。じゃあ両国に頼む」

房吉は、平助の操る猪牙舟に乗った。平助は、猪牙舟を大川の流れに乗せた。房吉は舳先に座り、庄次郎の乗った猪牙舟を探した。

両国橋に差し掛かった頃、庄次郎の乗った猪牙舟が見えた。

「平助さん、あの猪牙を追ってくれ」

「合点だ」

平助は、猪牙舟の速度をあげた。

何処に行く気だ……。

房吉は舳先に陣取り、庄次郎の乗った猪牙舟を見据えた。

水飛沫は日差しに煌めいた。


左近は、堀三郎兵衛の見張りを続けた。

堀三郎兵衛は、留守居役として訪れる客の応対に忙しかった。

大名家の江戸留守居役とは、公儀や諸藩との交渉を行う外交官の役目を担っている。そのため、情報を交換する御留守居寄合《よりあい》を料理屋で開き、派手に金を使っていた。

江戸下屋敷詰の村上源一郎が、堀三郎兵衛の許に現れた。

左近は、天井裏から用部屋を窺った。

「どうだ……」

「はい。今、沢井が必要な人数を集めています」

村上は、楽しげな笑みを浮かべた。

堀は苦笑し、手文庫から二個の切り餅を出して村上に渡した。

「確かに……」

村上は、二個の切り餅を懐に入れた。

「村上、最早失敗は許されぬ。心して掛かれ」

「仰せまでもございません。火を放ち、混乱に乗じて必ず皆殺しにしてやります」

村上は、その眼に残忍さを溢《あふ》れさせた。

「余計な事を知った報い。彦兵衛どもに思い知らせてやるが良い」

堀は冷酷に言い放った。

火を放っての皆殺し……。

左近は、堀と村上の企みを知った。


大川を下った庄次郎の乗った猪牙舟は、両国橋を過ぎ、新大橋を潜って三ツ俣《みまた》から箱崎《はこざき》に抜け、日本橋川に出た。そして、日本橋川を遡《さかのぼ》り、東堀留川に架かる思案橋《しあんばし》の船着場に船縁《ふなべり》を寄せた。庄次郎は、船賃を渡して猪牙舟を降りた。

「平助さん」

「ああ……」

平助は、房吉を乗せた猪牙舟を船着場に着けた。

「助かった。礼は後でゆっくりするよ」

房吉は平助に云い残し、猪牙舟を降りて庄次郎を追った。

庄次郎は、堀江町四丁目から照降町《てりふりちょう》に進んだ。そして、諸国茶問屋『伊勢屋』に入った。

「伊勢屋か……」

諸国茶問屋『伊勢屋』藤左衛門は、堀江町四丁目の地主の一人だった。

房吉は、何者かが堀江町一帯の地所の沽券状を買い集めているという噂を思い出した。

沽券状を買い集めているのは、『大黒屋』庄次郎なのだ。

房吉の勘が囁いた。


本所回向院門前の飲み屋は相変わらず賑わっていた。

村上源一郎は、飲み屋に入ったままだった。

左近は、高坂藩江戸上屋敷を出た村上を尾行した。村上は本所に入り、回向院門前の場末の飲み屋に入った。

左近は、飲み屋の様子を探った。

飲み屋の座敷では、頬に刀傷のある沢井が浪人たちや得体の知れない町人と酒を啜っていた。

村上は、沢井に二つの切り餅を密かに渡した。沢井は、浪人たちと得体の知れぬ町人に前金の三両を配り、後金の三両を約束した。

「それから赤馬《あかうま》、こいつで必要な物を買い揃えてくれ」

沢井は、得体の知れぬ町人に小判を一枚渡した。赤馬と呼ばれた町人は、嬉しげな笑みを浮かべて一両小判を握り締めた。その嬉しげな笑みには狂気が秘められていた。

〝赤馬〟とは火事や付け火を指し、犯罪者仲間の隠語である。

赤馬は、一両小判を握り締めて買物に出掛けた。そして、付け火に使う油や晒し布を買った。

村上と沢井たちは、公事宿『巴屋』に火を放ち、慌てて逃げ出す彦兵衛や左近たちに襲い掛かり、皆殺しにする企みなのだ。

村上たちは真夜中に動く……。

左近は不敵に笑った。

回向院の鐘が暮六つ（六時）を告げた。

行燈の明かりは不安げに瞬いた。

付け火……。

おりんと房吉は血相を変えた。

「ええ……」

左近は頷いた。

「冗談じゃありませんよ」

おりんは、怯えと怒りを滲ませた。

「左近さん、野郎ども今夜来るんですね」

房吉は、生欠伸《なまあくび》を噛み殺し、首を傾けて左近に尋ねた。生欠伸と首を傾けるのは、房吉が極度の緊張をした時の癖だった。

「ええ。赤馬と呼ばれる男が、油など付け火に使う物を買い整えました。間違いないでしょう」

「どうします」

房吉は喉を鳴らし、声を掠《かす》れさせた。

「勿論、付け火などはさせませんよ」

左近は、事も無げに言い放った。

「左近さん……」

おりんは、心配げに眉をひそめた。

「それより、高坂藩の堀や大黒屋の庄次郎は、何故に彦兵衛どのを付け狙うのかです」

左近は眉をひそめた。

「そいつなんですがね左近さん。庄次郎の奴、花乃井を出てから日本橋の堀江町に行きましてね。界隈の地主に沽券状を譲ってくれと頼んで歩いてましたよ」

「じゃあ、叔父さんが云っていた噂ってのは……」

「ええ。庄次郎のやっていた事なんですよ」

房吉は頷いた。

「となると、庄次郎が彦兵衛どのに尋ねたのは、どのぐらい知っているかを確かめるためですか……」

左近は睨んだ。

「でも、叔父さんが何を知っているっていうのよ」

おりんは、腹立たしげに吐き棄てた。

「高坂藩勘定組頭の松岡左兵衛さんでしょう」

左近は読んだ。

「松岡さまって急な病で亡くなった……」

おりんと房吉は戸惑った。

「ええ。彦兵衛どのは、亡くなった松岡さんから何かを聞いている。堀や庄次郎はそう思い、彦兵衛どのを襲い、おりんさんを捕らえて確かめようとした。おそらくそんなところです」

「じゃあ、松岡さまは病でお亡くなりになったんじゃなく……」

おりんは声を震わせた。

「密かに殺されたのかも知れません」

左近は、厳しい面持ちで告げた。

おりんと房吉は、言葉もなく頷いた。

「分からないのは、堀や庄次郎が堀江町を始めとした堀留川一帯の地所を押さえ、何を企てているかです」

左近は、その眼を鋭く輝かせた。


亥の刻四つ(午後十時)、町木戸が閉められる刻限だ。

「さあて、行くか……」

村上は、沢井たち浪人と赤馬を促した。

赤馬は眼を赤く血走らせ、油を入れた壺を抱えて残忍な笑みを浮かべた。


本所竪川一つ目之橋に人気はなく、船着場に係留された荷船が静かな流れに揺れていた。

村上が、沢井たち浪人や赤馬と回向院門前の裏通りから現れ、荷船に走った。そして、荷船に乗り込み、舳先を大川に向けた。竪川一つ目之橋から大川はすぐだ。

村上たちの乗った荷船は、船行燈も灯さず大川を下り始めた。

夜は更け、舟遊びの船の華やかさは消え、大川は暗い流れになっていた。

村上と沢井たちは、荷船で新大橋から三ツ俣に進んで浜町堀を遡り、馬喰町の『巴屋』に行くつもりだ。

荷船が新大橋に差し掛かった時、明かりを灯さない猪牙舟が暗がりから現れて船縁を並べた。そして、猪牙舟を漕いでいた房吉が嘲笑を投げ掛けた。

村上と沢井は眉をひそめた。

刹那、猪牙舟の船底から左近が跳んだ。村上と沢井たち浪人は、思わず怯んだ。

左近は、夜空を跳んで荷船に降りた。

「おのれ……」

村上はうろたえた。

「付け火はさせぬ」

左近は不敵に笑った。

「斬れ。斬り棄てろ」

村上は叫んだ。浪人たちは、刀を煌めかせて左近に殺到した。左近は、荷船の船底を蹴って真上に飛んだ。そして、宙で刀を抜き、見上げている浪人たちに襲い掛かった。二人の浪人は、首の血脈を斬り裂かれて大川に落ちた。

水飛沫が月明かりに煌めいた。

残る三人の浪人がいきり立ち、左近に猛然と斬り掛かった。左近は後退も躱しもせず、見切りの内に踏み込んだ浪人を真っ向から斬り下げた。

村上と沢井は焦った。

「おのれ……」

沢井は、赤馬が抱えていた油の壺をひったくって投げ付けた。左近は、身体を僅かに揺らして躱した。油の入った壺は、船縁に当たって音を立てて砕けた。油が飛び散り、左近の足許に流れた。

「死ね」

赤馬は狂気に満ちた顔で叫び、竹筒に仕込んだ火縄を投げ付けた。

刹那、左近は夜空に飛んだ。

同時に、飛び散った油が音を立てて燃え上がった。

左近は、燃え上がった炎の上で回転し、赤馬の背後に着地した。

赤馬の顔は、炎に照らされて赤い狂気に染まっていた。そして、二つ目の油の壺を左近に投げ付けようとした。

一瞬早く、左近の刀は閃光となり、赤馬の腹から胸に斬りあげた。

赤馬は油の入った壺を落とした。割れた壺から流れた油は、一気に燃え上がった。

赤馬は炎に包まれ、絶叫を大川に響かせた。

炎は燃え上がり、荷船を覆い始めた。

残った浪人たちは我先に大川に逃れた。

半鐘が鳴り出し、大川の川面に響き渡った。

左近は、村上と沢井を探した。

村上は、燃える炎の奥に潜んでいた。左近は、炎を蹴散らして村上に襲い掛かった。村上は、刀を振るって斬り結んだ。

「堀留川一帯の土地を押さえて何をする」

左近は訊いた。

「黙れ」

村上は必死に斬り付けた。左近は、村上の刀を叩き落とし、捕らえようとした。

村上は咄嗟《とっさ》に逃れた。

「村上源一郎、堀三郎兵衛と大黒屋庄次郎の企て、教えて貰おう」

左近は迫った。

村上は、燃え上がる炎と左近に囲まれ、逃げ道を失った。

「最早、逃げられぬ」

左近は静かに告げた。刹那、村上は脇差を抜いて己の腹に突き刺した。

「村上……」

村上源一郎は、燃え上がる炎の中に沈んだ。

荷船は燃え上がる炎に包まれた。

「左近さん」

房吉の呼ぶ声がした。

燃え上がる炎は、容赦《ようしゃ》なく左近に迫った。

これまでだ……。

左近は炎を突破し、そのまま大川の流れに飛び込んだ。髪の焦げる臭いが、一瞬にして消えた。

左近は、房吉の操る猪牙舟にあがった。

炎に包まれた荷船は、大川の流れを赤く照らして下って行った。

「房吉さん、頬に刀傷のある沢井に逃げられました。岸に着けて下さい」

「承知……」

房吉は、猪牙舟を大川の西岸に向けた。

荷船は燃えながら流れて行った。


日本橋馬喰町は寝静まっていた。

公事宿『巴屋』の前に佇んだ沢井淳之介の着物から水が滴り落ちた。

沢井は頬の刀傷を引き攣《つ》らせ、満面に怒りと悔しさを滲ませた。

おのれ……。

沢井は、左近との闘いを避けて大川に逃げ、公事宿『巴屋』に走った。

必ず出し抜いてやる……。

沢井は、左近への憎悪を募らせた。

大戸を閉めた『巴屋』の店内からは、明かりが僅かに洩れていた。

沢井は、『巴屋』の潜り戸に忍び寄った。

婆やのお春の誇る監視網は、真夜中には役に立たなかった。

沢井は店内の様子を窺った。人の気配がした。沢井は刀を抜き、潜り戸に突き刺して斬り下げ、激しく蹴り飛ばした。潜り戸は呆気なく破られた。沢井は、『巴屋』の店内に踏み込んだ。同時に、店にいた清次が明かりを消して奥に逃げ込んだ。

店内は暗闇になった。沢井は、慌てて暗闇に眼を慣らした。

あがり框に人影が現れた。

沢井は、咄嗟に斬り付けた。人影は沢井の斬り込みを見切り、身体を僅かに動かして躱した。

左近……。

恐怖が冷たくなって沢井の背筋に突き上げた。

沢井は燃える荷船から逃れ、『巴屋』に襲い掛かる……。

左近は沢井の動きを読み、房吉の操る猪牙舟を降りて馬喰町に急いだ。そして、沢井の斬り込みに辛うじて間に合った。

沢井は、咄嗟に身を翻して外に走り出た。

最早これまで……。

沢井は、武士の意地も面子《メンツ》も棄て、闇の彼方《かなた》に逃げ去ろうとした。だが、それは叶わぬ夢だった。

行く手の闇を揺らして左近が現れた。

化け物だ……。

沢井は恐怖に包まれた。そして、絶望が湧き、恐怖を押し隠した。沢井には、左近に斬り掛かるしか手立てはなかった。

左近は無明刀を頭上に真っ直ぐ構え、一振りの刀と化した。

沢井は追い詰められた獣のように唸り、左近に突進した。

剣は瞬速……。

左近は、見切りの内に踏み込んだ沢井の頭上に無明刀を斬り下げた。

無明斬刃《ざんじん》……。

無明刀は閃光となって沢井を両断した。

血飛沫が散った。


公事宿『大黒屋』は深い眠りに落ちていた。

左近は、眠っていた庄次郎の枕を蹴飛ばした。庄次郎は驚き、眼を覚ました。左近は、庄次郎の顔に無明刀を突き付けた。庄次郎は、眼を見開いた。

「お、押し込みか……」

庄次郎に微かな恐怖が湧いた。

「違う……」

左近は笑いもせず、庄次郎を鋭く見据えた。

庄次郎は、湧きあがる恐怖に激しく震え始めた。

「堀留川一帯で何を企んでいる……」

左近は静かに尋ねた。

庄次郎は、震えながらも必死に顔を背けた。刹那、鼻先に無明刀が突き立ち、冷たく輝いた。庄次郎は冷気に包まれ、震えは一段と激しくなった。

「云わぬなら死んで貰う……」

左近は、怒りや嘲りを見せず淡々と告げた。

「昔の吉原のような岡場所にする……」

庄次郎の喉は引き攣り、声は掠れた。

「昔の吉原……」

左近は微かに戸惑った。

「ああ……」

庄次郎は、震えながら何度も頷いた。

「高坂藩の堀三郎兵衛の役目はなんだ」

「何もかも、その堀さまの考えられた事だ」

高坂藩江戸留守居役堀三郎兵衛は、昔の吉原一帯に岡場所を作ろうとしていた。そして、庄次郎を使って一帯の沽券状を密かに買い集めさせた。その買い集める資金に高坂藩の公金を流用した。勘定組頭の松岡左兵衛は、それに気付いて諫《いさ》めた。だが、堀は邪魔な松岡を病に見せかけて殺した。

その後、松岡が彦兵衛と逢ったのを知り、その命を狙ったのだ。

庄次郎は何もかも白状した。

愚かな……。

左近は虚しさに包まれた。そして、虚しさは怒りに変わった。

無明刀は閃光となり、闇を鋭く斬り裂いた。

公事宿『大黒屋』の主・庄次郎は、一夜にして髪を白くし、涎《よだれ》を垂らして虚ろな眼差しで発見された。それは、激しい恐怖に苛《さいな》まれた結果だった。そして、高坂藩江戸留守居役堀三郎兵衛は、蒲団の中で死体で発見された。堀は眼を見開き、呆然とした面持ちで絶命していた。だが、死体には毛筋ほどの傷もなく、医者は心の臓の急な発作だと診断した。

堀三郎兵衛と『大黒屋』庄次郎の企ては、闇の彼方に消えた。

彦兵衛とお絹は、左近と共に公事宿『巴屋』に戻って来た。

彦兵衛の傷は、お絹の看病でかなり回復をしていた。おりんと房吉たち奉公人は喜んだ。

左近は、彦兵衛を八丁堀にある青山久蔵《あおやまきゅうぞう》の組屋敷に預けていた。

北町奉行所与力の青山久蔵は、左近から事情を聞いて彦兵衛とお絹を預かってくれた。

「思う存分やりな」

大名家留守居役の絡んだ事件は、町奉行所の支配違いであり手出しは出来ない。

久蔵は、左近に一件の始末を委《ゆだ》ねた。

彦兵衛の傷は日毎に回復し、公事宿『巴屋』は大戸を開けて暖簾を掲げた。

江戸湊から吹き抜ける潮風は、鉄砲洲波除稲荷の木々の梢を揺らした。

左近は境内に佇み、江戸湊の煌めきを眩しげに眺めた。

輝く波頭、心地良い潮風、そして潮騒の軽やかな響き……。

江戸湊は懐かしさに溢れていた。
左近は、生まれ故郷の秩父より、江戸湊に懐かしさを覚えていた。
陽炎の顔が、江戸湊の輝きに不意に浮かんで消えた。
陽炎……。
左近は、秩父忍びの再興を願って姿を消した陽炎を思い浮かべた。
陽炎は江戸の何処かにいる……。
左近の勘はそう囁いていた。
「陽炎……」
左近は、陽炎に与えられた宿命を哀れんだ。
江戸湊は美しく煌めき、潮風は柔らかく吹き抜けていた。

第二話　化粧面

一

日本橋馬喰町の公事宿『巴屋』に一枚の古証文が持ち込まれた。

小間物屋『紅花堂《べにばなどう》』の若旦那の清吉《せいきち》は、卒中で死んだ父親の清兵衛《せいべえ》が遺した古い証文を彦兵衛に差し出した。

「拝見しますよ」

彦兵衛は古い証文を開いた。

古証文は、政五郎《まさごろう》なる者が、死んだ清兵衛から神田同朋町《どうぼうちょう》の二百坪ほどの土地を借り、二十年後に返すと約束したものだった。

「その二十年後ってのが、今年なんですね」

彦兵衛は念を押した。

「はい。それで、政五郎さんに土地を返してくれるように頼んだのですが……」

清吉は、悔しげに顔を歪《ゆが》めた。

「返してくれないのですか」

「はい。二十年も昔の古証文などもう只《ただ》の紙切れだと笑って……」

「政五郎さんってのは、神田同朋町のその土地で何をしているんですか」

「弁天屋《べんてんや》って口入屋《くちいれや》をしています」

「口入屋……」

「はい……」

「清吉さん、同朋町の土地、幾らで貸していたんですか」

「それが親父、只で貸していたんです」

「只……」

彦兵衛は眉をひそめた。

「はい。うちの店、今は日本橋の室町《むろまち》ですが、二十年前にはそこにありまして。親父、どうせ遊んでいる土地だからと……」

「それで、清兵衛さんが政五郎さんに只で貸したんですか」

「ええ。ですが、卒中で死んだ親父が借金を残しておりまして、その借金を返すために同朋町の土地を処分しようと思い、政五郎さんの処に行き、買い取るか返してくれと頼んだのです」

「ですが、政五郎さんは相手にしてくれなかった」

「はい。同朋町の土地を処分しなければ、室町の店が借金の形《かた》に取られてしまいます。お願いです。どうか、弁天屋の政五郎さんと話をつけてはいただけないでしょうか」

清吉は、彦兵衛に縋《すが》る眼差しを向けた。

古証文の文言と清吉の話に不審なところはない。

居座り……。

借りた土地を返さず、買い取りもしないで居座り、うやむやにして奪い取る悪辣《あくらつ》な手口だ。

彦兵衛は、口入屋『弁天屋』政五郎の顔が見たくなった。

「分かりました。明日にでも政五郎さんに逢って見ましょう」

彦兵衛は頷いた。

「じゃあ、引き受けていただけますか」

「ま。一度、政五郎さんに逢ってみましょう」

「ありがとうございます。それで彦兵衛さん掛かりは、いかほどで……」

公事宿の仕事は、目安《めやす》（訴状）などの各種の書類の代筆と町奉行所などの役所への付き添いである。報酬は筆立料と呼ばれる代筆料が一分（四分の一両）、金銭に関する出入り（訴訟）の場合は二分、返答書（反論書状）二朱（八分の一両）、勝訴すればさらに二分などと決まっている。その他、町奉行所などへの付き添い料は決まってなく、公事宿によって違っていた。そして、公事宿の主な収入は、地方から公事訴訟に来る泊まり客の宿代だった。

清吉は、彦兵衛に交渉費用が幾らか尋ねたのだ。

「清吉さん、そいつは私が政五郎さんに逢ってからですよ」

彦兵衛は微笑《ほほえ》んだ。

「そうですか、よろしくお願いします」

清吉は、両手をついて彦兵衛に頭を下げた。

『巴屋』の座敷には夕陽が赤く差し込み始めた。

江戸湊は月明かりに白波を輝かせ、潮騒《しおさい》を響かせていた。

左近は、鉄砲洲波除稲荷の境内《けいだい》に佇《たたず》み、夜風に鬢《びん》の毛を揺らして江戸湊を眺めていた。

江戸湊には、停泊している千石船《せんごくぶね》の明かりが瞬《またた》いていた。

次の瞬間、左近は背後に殺気を感じ、夜空に跳んだ。空を引き裂く短い音が、左近のいた場所に鳴った。

黒く細い棒手裏剣《ぼうしゅりけん》……。

左近は見極めた。

忍び……。

左近は境内に着地した。同時に、忍びの者が地を蹴って左近に襲い掛かってきた。

白刃が光となって左近に迫った。

左近は、大きく仰《の》け反《ぞ》りながら無明刀を横薙《よこな》ぎに一閃《いっせん》させた。忍びの者は、反り返った左近の上を飛んで転がるように着地し、振り向いて身構えた。

左近は忍びの者を見据え、無明刀の切っ先を下に振った。

血が滴《したた》り落ちた。

忍びの者は腹から血を振り撒き、前のめりに顔から倒れた。

何処《いずこ》の忍びだ……。

左近が身許を調べようとし、咄嗟《とっさ》に大きく飛び退いた。忍びの者の身体は火を噴き、鈍い音を鳴らして砕け散った。闘いに敗れた忍びの者は、己の痕跡を消して滅び去るのが掟《おきて》だ。忍びの者は、己の五体に火薬を仕掛けており、無残に散った。

忍びの者は人ではないのか……。

左近は、虚しさを覚えずにはいられなかった。そして、それが忍びに馴染《なじ》めないところであり、左近を苛立たせる原因でもあった。

何《いず》れにしろ左近は忍びの者に狙われた。

忍びの者の正体と、襲った理由は分からない。

忍びの者の襲撃には、失踪した陽炎が関わりがあるのか……。

左近は、燃え尽きた忍びの者に片手拝みを与え、波除稲荷の境内を立ち去った。

潮風が吹き抜け、潮騒は低く響いた。

神田川を渡り、神田明神下《みょうじんした》の通りを下谷に進むと神田同朋町がある。

彦兵衛は、同朋町にある口入屋『弁天屋』に向かった。

「旦那……」

下代《げだい》の清次が、『弁天屋』の斜向《はすむ》かいの路地から現れた。

「どうだ」

彦兵衛は、風に揺れる『弁天屋』の暖簾《のれん》を眺めた。

「はい。弁天屋は渡り中間《ちゅうげん》や人足を主に扱っている口入屋だそうです」

清次は、同朋町に先乗りをして口入屋『弁天屋』と、主《あるじ》の政五郎の評判を探っていた。

『弁天屋』は、大名家や旗本家が雇う渡り中間や、普請場《ふしんば》の人足などを専門に周《しゅう》旋《せん》する口入屋だった。

「で、評判はどうだ」

「弁天屋は口入屋というより土地の地廻り。政五郎は狡賢《ずるがしこ》い野郎だと専《もっぱ》らの評判です」

清次は眉をひそめた。

「そうか。よし、清次は外で待っていてくれ」

彦兵衛は苦笑した。

「承知しました」

彦兵衛は、清次を残して口入屋『弁天屋』に向かった。

朝の周旋時を終えた店内は閑散とし、土間の片隅では仕事にあぶれた人足たちが、安酒を啜《すす》りながら賑やかに賽子《さいころ》遊びをしていた。

「ごめんなさいよ」

彦兵衛は土間に入り、奥に声を掛けた。

「なんだい、お前さん」

『弁天屋』の半纏《はんてん》を着た若い衆が、賽子遊びの人足たちの間から立ち上がった。

「私は公事宿巴屋の彦兵衛という者だが、旦那の政五郎さんはいるかな」

「ちょいと待ってくれ」

若い衆は、胡散臭《うさんくさ》げに彦兵衛を見廻し、奥に入って行った。人足たちは酒を飲み、賑やかに賽子遊びを続けていた。

若い衆の躾《しつ》けも、出入りしている人足たちの風儀も悪い。

やはり口入屋というより、地廻り……。

彦兵衛は、口入屋『弁天屋』と主の政五郎がどの程度のものか知った。

「お前さんかい、私に用があるってのは」

『弁天屋』政五郎らしき肥った中年男が、若い衆を従えて出て来た。

「はい。日本橋の公事宿巴屋の主、彦兵衛にございます」

「巴屋の彦兵衛さんか、政五郎は私だが、何か用ですかい」

政五郎は、彦兵衛を座敷にも通さず、立ち話で聞いた。

「実は日本橋は室町の『紅花堂』の清吉さんに頼まれて参上したのですが……」

彦兵衛は静かに切り出した。

「地べたの話かい」

政五郎は遮《さえぎ》り、嘲笑を浮かべた。

「ええ……」

彦兵衛は、政五郎の出方を探るように頷いた。

「そいつは紅花堂の若旦那の言い掛かり、ここは私が先代の清兵衛旦那に譲って貰った土地。今更、何の話もありませんぜ。みんな、旦那のお帰りだぜ」

若い衆と賽子遊びをしていた人足たちが、薄笑いを浮かべて彦兵衛を取り囲んだ。

政五郎は、彦兵衛に嘲笑を与え奥に入って行った。

話し合いの出来る相手じゃない……。

与えられた屈辱は、闘志に生まれ変わる。

彦兵衛は、政五郎と闘う覚悟を決めた。

夕陽は巴屋の座敷を赤く染めた。

彦兵衛は、左近の猪口《ちょこ》に酒を満たして手酌で飲んだ。

「口入屋弁天屋の政五郎ですか……」

左近は、猪口の酒を飲み干した。

「ええ。酷《ひど》い奴ですよ」

彦兵衛は苦笑した。

「腕ずくで追い出しますか……」

左近は手酌で猪口を満たし、事も無げに言い放った。

「そいつが一番手っ取り早いでしょうが、政五郎が居座る理由、土地が欲しいだけなのか、それとも他に何かあるのか……」

彦兵衛は、手酌で酒を飲んだ。

「成る程、となると……」

左近は眉をひそめた。

「今、清次が政五郎の身辺を詳しく探っています」

彦兵衛は、すでに探索を開始していた。

「分かりました。私も探ってみます」

左近は、猪口を空にして伏せた。

夕陽は沈み、座敷は逢魔《おうま》が時《どき》の青黒さに包まれた。


日が暮れた。

口入屋『弁天屋』は、番頭と若い衆たちが明日の仕事の周旋の仕度をしていた。

『弁天屋』は、政五郎が大名や旗本の屋敷を廻って渡り中間の仕事を取り、番頭の善助《ぜんすけ》が人足仕事を扱っていた。政五郎と善助は、他の口入屋では扱わない安い給金のきつい仕事を引き受け、集まる人足たちも体力だけが取得の者たちばかりだった。

清次は、『弁天屋』の口入屋としてのありようを知った。

「清次……」

左近が、『弁天屋』の斜向かいの路地に潜んでいた清次の背後に音もなく現れた。

「左近さん……」

「どうだ。何か分かったか……」

「ええ……」

清次は、『弁天屋』のありようを左近に話した。

左近は、清次の話に思わず眉をひそめた。

四半刻が過ぎた頃、政五郎が奥から出て来た。

「じゃあ善助、後はよろしく頼んだぜ」

「へい。お気をつけて……」

政五郎は、慣れた足取りで明神下の通りを下谷の方に向かった。

「奴が政五郎か……」

「はい。どうします」

清次は戸惑いを浮かべた。若い下代の清次に尾行は荷が重過ぎる。

「俺が追う。清次は探り出した事を彦兵衛どのに報せるんだ」

「承知しました」

清次は、安心したように頷いた。

左近は、政五郎を追って夜の暗がりに消えた。

下谷広小路に出た政五郎は、東叡山寛永寺《とうえいざんかんえいじ》脇の山下を抜けて入谷《いりや》に急いだ。

左近は、暗がり伝いに追った。

政五郎は入谷に入り、白蓮寺の裏手にある家作に向かった。そして、暗がりにいた若い男に声を掛けて家作に入った。

左近は植え込みの陰に潜み、政五郎の入った家作を窺った。家作の隙間から明かりが洩れ、男たちの微かな熱気が漂っていた。

賭場《とば》……。

政五郎は、博奕《ばくち》を打ちに賭場に来た。

左近はそう判断し、家作の屋根に跳んだ。そして、瓦《かわら》と屋根板をはがし、天井裏に忍び込んだ。

天井裏には座敷の明かりが差し込み、煙草《たばこ》の煙が漂っていた。左近は、明かりの差し込んでいる隙間を覗いた。座敷では男たちが盆御座《ぼんござ》を囲んでおり、政五郎が楽しげに駒を張っていた。

左近は見守った。

政五郎の博奕は、駒を丁半交互に打つ下手《へた》なものだった。しかし、政五郎は熱くならず、楽しげに笑いながら駒を打ち続けた。

左近は苦笑した。

一刻が過ぎた。

政五郎は、辛うじて損をせずに博奕を終えて賭場を出た。左近は政五郎を追った。

下谷広小路傍の上野元黒門町《うえのもとくろもんちょう》の裏通りにある居酒屋は、人足や職人、そして浪人たち雑多な客で賑わっていた。人足の中には、昼間仕事にあぶれて『弁天屋』で賽子遊びをしていた者もいた。

政五郎は、居酒屋の隅に座って酒を頼んだ。

左近は裏口から店に忍びこみ、酔い潰れている浪人の隣に座って客を装った。

「こりゃあ、弁天屋の旦那じゃありませんか」

人足が政五郎に気付いた。

「おう、来ていたのか竹造」

「へい。熊や定吉も来ています」

「だったら一緒に飲もう。こっちに来るがいい」

「へい。お言葉に甘えます。みんな……」

竹造は、熊や定吉の人足仲間と政五郎の飯台を囲んだ。

「さあ、飲んでくれ。父っつぁん、酒を頼むぜ」

政五郎は、楽しげに酒を飲みながら亭主に酒を注文した。

左近は、酒に酔った客の中に溶け込んで政五郎を見守った。

亥《い》の刻四つ（午後十時）に町木戸は閉められる。

居酒屋は店仕舞《みせじま》いの時を迎え、客たちは家路についた。
政五郎は、酔った足取りで明神下の通りを同朋町に向かっている。
夜更けの明神下の通りに人気《ひとけ》はなかった。
政五郎は、鼻歌混じりで進んだ。
同朋町の口入屋『弁天屋』に帰る……。
左近はそう睨《にら》み、引き上げようとした。
その時、二人の浪人が行く手からやって来た。
左近は、きな臭さを察知した。
政五郎は酔った足取りで進み、二人の浪人に近づいた。
危ない……。
左近の直感が囁《ささや》いた。
政五郎は、二人の浪人と擦れ違った。二人の浪人は、抜き打ちに政五郎に斬り付けた。
政五郎は、咄嗟に倒れ込んで躱《かわ》した。
「何しやがる」
政五郎は跳ね起き、懐から匕首《あいくち》を抜いた。

「面白い……」

二人の浪人は、嘲《あざけ》りと侮《あなど》りを浮かべた。

政五郎は、飛び掛かろうとしている獣のように身構えた。二人の浪人は、左右から政五郎に斬り掛かった。政五郎は必死に躱した。しかし、政五郎は右肩から血飛沫《しぶき》を舞い上がらせ、板塀に激しく叩き付けられた。右手に握っていた匕首が、肩から流れる血《ち》と共に地面に落ちた。

「これまでだな」

二人の浪人は酷薄に笑い、政五郎に白刃を突き付けた。

政五郎は、恐怖に凍《い》てついた。刹那《せつな》、左近が現れて浪人たちの刀を弾き飛ばし、政五郎を庇《かば》って立った。

「おのれ、邪魔するか」

「何故《なにゆえ》、この者を狙う」

二人の浪人は、焦りと苛立ちを浮かべた。

「金で頼まれたのか……」

左近は嘲笑を浮かべた。

「黙れ」

二人の浪人はいきり立ち、左近に猛然と斬り掛かった。左近は、浪人たちの斬り込みを見切り、刀を躱しながら浪人たちを殴り、蹴り飛ばした。二人の浪人は、激しく叩きつけられて逃げ去った。

左近は、二人の浪人を見送って政五郎を振り返った。政五郎は恐怖から解放され、右肩を押さえて座り込んだ。

「大丈夫か……」

「へ、へい。お蔭さまでどうにか……」

左近は、政五郎の傷の具合を見た。

「心配無用、浅手だ」

「へい……」

政五郎は必死に立ち上がり、照れ臭そうに笑った。

「旦那、あっしはこの先にある口入屋の政五郎って者です。本当に命拾いをしました。ありがとうございました」

「あの浪人ども、何者だ……」

「さあ……」

政五郎は、眉をひそめて首を捻った。

「ならば、どうして狙われたか身に覚えはあるか」

「そいつはもう……」

政五郎は苦笑した。

「旦那、あっしは評判の悪い男でしてね。もっともそれだけの事もして来ましたが……」

政五郎は、開き直ったように狡猾《こうかつ》な笑みを浮かべた。

「恨みは、嫌というほど買っているか……」

「まあ、そんなところですよ」

政五郎は、ふてぶてしく云い放った。

「となると、奴らが誰に雇われて襲い掛かって来たのか分からないか……」

「ええ。それより旦那、お礼といっちゃあ何ですが、あっしの処で一杯如何《いかが》ですかい」

政五郎は左近を酒に誘った。

左近は苦笑した。

二

公事宿『巴屋』の座敷は日差しに溢《あふ》れていた。

「政五郎を助けた……」

彦兵衛は、少なからず戸惑った。

「ええ。相手は浪人二人、思わず……」

左近は、おりんの淹《い》れてくれた茶を飲んだ。

「それで、お礼にお酒をご馳走《ちそう》になったのですか……」

おりんは呆れた。

「ええ。弁天屋で……」

左近は、屈託のない笑みを浮かべた。

「それで政五郎、命を狙われたのをどう云っているんですか」

彦兵衛は、憮然《ぶぜん》とした面持ちで茶を啜った。

「恨みは嫌というほど買っていると……」

「じゃあ、誰にどうして狙われたのかは……」

「分からないそうです」

「そうですか……」

「それで彦兵衛どの。しばらく政五郎に張り付いてみようと思います」

「張り付く……」

彦兵衛は眉をひそめた。

「少々気になる事がありましてね」

左近は、屈託なく博奕を楽しみ、人足たちと酒を飲む政五郎が気になっていた。

「気になる事ですか」

「ええ……」

左近は頷いた。

そいつが何か……。

彦兵衛は、あえて訊かなかった。それだけ左近を信頼しているといっていい。

「分かりました。いいでしょう」

彦兵衛は苦笑し、左近が張り付くのを受け入れた。


口入屋『弁天屋』は、昼下がりの静けさに包まれていた。

左近は、『弁天屋』の周囲を窺った。

明神下の通りは、神田川に架かる昌平橋《しょうへいばし》から湯島天神《ゆしまてんじん》裏門坂道を抜けて下谷広小路に続いており、口入屋『弁天屋』がある同朋町はその途中にある。

左近は、口入屋『弁天屋』の周囲に不審な者はいないか見廻した。若い遊び人が、斜向かいの荒物屋の路地の入口にいた。

昨夜の浪人たちの仲間か……。

左近は、若い遊び人のいる路地の裏手に廻り込んだ。そして、若い遊び人の視線の先を追った。若い遊び人は、確かに『弁天屋』を見張っていた。

何処《どこ》の誰なのか……。

左近は突き止める事にし、小石を拾って若い遊び人に飛ばした。小石は若い遊び人の鬢の毛を散らして板壁を僅かに砕いた。

若い遊び人は驚き、振り向いた。だが、背後の路地には誰もいない。そう思った時、二個目の小石が、空を切り裂く短い音を鳴らして若い遊び人の頬を掠《かす》めた。剃《かみ》刀《そり》で切ったようなむず痒《がゆ》さが走り、血が薄く流れた。若い遊び人は恐怖に突き上げられ、路地を走り出た。

左近は追った。

若い遊び人は、明神下の通りを横切って妻恋坂《つまごいざか》を駆け上がった。左近は、左右に連なる家並みの屋根の上を走って追跡をした。

妻恋坂をあがると湯島天神の門前町となり、裏通りには盛り場がある。

若い遊び人は、軒を連ねる飲み屋の一軒に入った。飲み屋『梅や』は開店前であり、店の前は掃除もされていなく汚れたままだった。

左近は、『梅や』の裏手に廻り、板場に忍び込んで店内を窺った。

店内には、若い遊び人の他に政五郎を襲った二人の浪人と総髪の痩せた浪人がいた。

「見つかった……」

総髪の浪人が、若い遊び人を鋭く一瞥《いちべつ》した。

「へい。石が飛んできてこのざまです」

若い遊び人は、血の流れた頬の傷を見せた。

「蓑吉《みのきち》、石を投げた奴の姿は見たか」

総髪の浪人は、酒に唇を濡らした。

「そいつがどこにも……」

若い遊び人は、恐ろしげに眉をひそめた。

「見えなかったか……」

「へい」

「早川《はやかわ》さん。昨夜、俺たちの邪魔をした野郎かも知れねえ」

浪人の一人が悔しげに告げた。

「だとしたら……」

早川と呼ばれた総髪の浪人は、鋭い眼差しで思いを巡らせた。

「加藤《かとう》、田中《たなか》……」

早川は、二人の浪人に表と裏手を見ろと促した。

加藤、田中と呼ばれた二人の浪人は、『梅や』の戸口と裏手に寄った。

左近は、素早く板場の奥にある階段の上に跳んだ。

加藤と田中は、表と裏手に蓑吉を尾行《つけ》て来た者がいないか窺った。表と裏手に不審な者はいなかった。

「妙な奴はいねえ」

加藤は、戸口から外を窺いながら告げた。

「こっちもだ」

田中も板場から店に戻った。

「よし。加藤、田中、弁天屋に行って政五郎の動きを見張れ」

早川は命じた。

「心得た」

加藤と田中は、『梅や』を出て行った。

「早川の旦那、あっしは何を……」

「うむ。俺と一緒に来てくれ」

「へい……」

二階の床が僅かに軋《きし》んだ。

早川は鋭く天井を見上げ、蓑吉に板場の奥の階段を示した。

頷き、懐の匕首を握り締めて板場に忍び寄った。階段を軋ませて『梅や』の女将《おかみ》が降りて来た。

「なんだ、姐《ねえ》さんですかい」

蓑吉は、詰めていた息を吐いた。

「どうしたんだい、蓑吉」

女将が、怪訝《けげん》な面持ちで蓑吉を一瞥した。

「いえ……」

「お紺《こん》、二階に妙な事はなかったか」

早川は、女将のお紺に尋ねた。

「別に何もありませんよ」

女将のお紺は眉をひそめ、洗濯物を抱えて裏手の井戸に出て行った。

「気のせいか……」

早川は天井を一瞥した。


左近は、お紺が二階の部屋から出て来る寸前、二階の天井に跳んだ。そして、天井に張り付き、お紺が階段を降りた隙に二階の部屋の窓から外に出た。


蓑吉は『梅や』を出た。

左近は追わず、物陰に潜んだまま『梅や』を見張った。早川が、僅かな間を置いて出て来て蓑吉を追った。

左近は苦笑した。

早川は、蓑吉を泳がせて尾行者の現れるのを見届けようとしている。左近はそう読み、早川が現れるのを待っていたのだ。

左近は、充分な距離を取って早川を追った。

湯島天神の境内は参拝客で賑わっていた。

蓑吉は拝殿に手を合わせもせず、茶店の縁台に腰掛けて茶を頼んだ。

早川は、境内の入口で蓑吉の周囲に不審な者を探した。蓑吉に石を飛ばしたのは、おそらく加藤と田中の邪魔をした浪人だ。浪人は蓑吉の素性を探り出すため、『梅や』まで尾行した筈だ。そして、尾行はまだ続けられていると考えるべきなのだ。

早川はそう睨んでいた。だが今のところ、蓑吉を尾行ている者は見当たらなかった。

左近は、蓑吉の周辺に尾行者を探す早川を見守った。

早川たち浪人と蓑吉は、金で雇われて政五郎の命を狙っている。

左近はそう睨んでいた。

雇い主は誰なのか……。

左近は思いを巡らせた。

評判が悪く悪辣な政五郎。その命を金で雇った連中に狙わせる者。どちらも真っ当な者ではない。

所詮《しょせん》、悪と悪の潰し合い……。

左近は苦笑した。

日本橋通りは行き交う人で賑わっていた。

小間物屋『紅花堂』は、室町三丁目の日本橋通りにあり、繁盛していた。

『紅花堂』の店内には、若い娘客の華やかさと白粉《おしろい》の香りが漂っていた。

彦兵衛は、庭に面した座敷で清吉を待った。

座敷は、日本橋通りに面した店とは思えぬ静けさだった。

「お待たせ致しました」

清吉がやって来た。

「いえ。繁盛で結構ですね」

「お蔭さまで。それで同朋町は如何なりましたか」

「それなのですが。政五郎さん、土地は先代の清兵衛さんに譲って貰ったものだと云いましてね。話も何もあったものじゃありません」

「そうですか……」

清吉は眉をひそめた。

「ま。政五郎の云う事です。信用なりませんし、何とか惚《とぼ》けて誤魔化《ごまか》そうとしているのでしょう」

「じゃあ彦兵衛さん、どうしたら良いのでしょう。あの土地を処分出来なければ、父の遺した借金の形にこの店を取られてしまいます」

清吉は、不安げに辺りを見廻した。

「政五郎は叩けば埃《ほこり》の舞う身体。今、うちの者たちが身辺に探りを入れています」

「そうですか。何分、よろしくお願いします」

清吉は、彦兵衛に深々と頭を下げた。

微風が吹き抜けた。

湯島天神から上野寛永寺や不忍池《しのばずのいけ》は近い。

蓑吉は不忍池に向かった。当然、早川が続いた。

不忍池の畔《ほとり》で始末する……。

それが、蓑吉を囮《おとり》にした早川の企《たくら》みだった。だが、蓑吉を尾行する者はいない。

早川は少なからず焦った。

蓑吉と早川は、切り通しを横切って不忍池の畔に出た。

不忍池は日差しに煌《きら》めいていた。

左近は尾行した。

このままでは埒《らち》が明かない……。

左近は仕掛ける事にし、池の畔の茶店で笠を買った。そして、目深に被って蓑吉と早川を追った。

蓑吉は、煌めく池の畔を進んだ。池の畔には雑木林が続き、人気は少なかった。

笠を目深に被った左近が、いきなり蓑吉の前に現れた。

蓑吉は驚き、思わず声をあげた。

早川は逸早《いちはや》く左近の出現に気付き、雑木林を走った。

左近は、逃げようとする蓑吉を素早く捕え、乱暴に張り飛ばして腕を捩《ね》じ上げた。

蓑吉は恐怖に震えた。

「誰に頼まれて弁天屋を見張っていた」

左近は厳しく尋ねた。

「知らねえ。俺は何も知らねえ」

蓑吉は震え、必死に叫びながら辺りに早川を探した。

早川が助けに出て来る筈だ……。

蓑吉は勿論《もちろん》、左近もそう思っていた。だが、早川が現れる気配はなかった。

蓑吉は焦った。

「不忍池に沈みたくなければ、何もかも正直に吐くんだな」

左近は、冷酷な笑みを浮かべて蓑吉を見据えた。蓑吉の我慢の限界が過ぎた。

「早川の旦那が金をくれて……」

「早川とは何者だ」

「早川精四郎《せいしろう》って相州《そうしゅう》浪人だ」

「お前はその早川に命じられたのだな」

「そうです」

「早川の背後には誰が潜んでいる」

「知らねえ。あっしはそこまで知らねえんです。本当に知らねえんです」

腕を捩じ上げられた蓑吉は、恐怖と激痛に涙を流した。

「よし。行け」

左近は、蓑吉を突き飛ばした。蓑吉は、転びながら逃げ去った。

左近は見送った。

早川は現れなかった。

相州浪人早川精四郎は、逆に尾行して素性を摑もうとしている。

左近は睨んだ。そして、蓑吉を見殺しにしようとした早川の非情さを知った。

風が木々の梢《こずえ》を鳴らし、不忍池の水面に小波《さざなみ》を走らせた。

左近は、池の畔を下谷広小路に向かった。

早川は、雑木林の中を慎重に左近を追った。

左近は、追って来る筈の早川の気配を窺った。だが、気配は窺えなかった。

早川は気配を消して尾行て来ている……。

左近は苦笑し、下谷広小路に急いだ。

盛り場の雑踏は尾行者を惑わせる。

左近は下谷広小路に踏み込み、行き交う人々に己を紛れ込ませた。一瞬、追って来る早川の気配を感じた。

早川は、人込みに左近を見失いそうになり、思わず気配を露わにしたのだ。

左近は広小路を抜け、呉服屋の横手の路地に入った。早川は追って路地に入った。

だが、路地に左近はいなかった。

消えた……。

早川は路地の奥に走った。路地は呉服屋の裏手に続き、行き止まりだった。

「おのれ……」

早川は、苛立たしげに辺りを見廻し、左近に逃げられたのを知った。

野菜を持った女中たちが、呉服屋の勝手口から井戸端に出て来た。早川は、素早く身を翻《ひるがえ》して下谷広小路に戻って行った。

左近は、呉服屋の屋根の上から見送った。

早川は、広小路の雑踏を抜けて湯島天神に戻って行った。

早川の背後に潜み、口入屋『弁天屋』政五郎の命を狙っているのは何者なのだ。

左近の興味は募《つの》った。


口入屋『弁天屋』は浪人の加藤と田中、蓑吉に見張られていた。

左近は連なる家並みの屋根を走り、『弁天屋』の庭先に音もなく飛び降りた。

政五郎は、色っぽい年増を抱き寄せて酒を飲んでいた。

「邪魔をするぞ」

左近の声に政五郎と年増は驚いた。

「私だ。政五郎」

左近は苦笑した。

「なんだ。旦那ですかい……」

政五郎は、安心したように吐息を洩らした。


酒は上等な物だった。

左近は唇を濡らした。

「美味《うま》い……」

「そりゃあ旦那、上方からの下り酒ですぜ」

口入屋の『弁天屋』政五郎は、嬉しげに笑って左近の猪口に酒を満たした。

「そうか、下り酒か……」

左近は酒を飲んだ。

「それで旦那、わざわざおいでになったのは」

「昨夜、お前を狙った浪人どもが、表で見張っている」

「本当ですかい」

政五郎は、ぞっとした面持ちで店先を振り向いた。

「そうまでして、お前の命を獲《と》ろうとしている相手だ。本当に心当たりはないのか」

「さあ……」

政五郎は眉をひそめ、首を傾げた。

「早川精四郎と申す浪人は知っているか」

「いいえ。知りませんぜ」

やはり、早川は誰かに頼まれて政五郎の命を狙っているのだ。

「ならば近頃、恨みを買うような真似をしたのはなんだ」

「近頃ですかい。そうですねえ、お大身の旗本のお姫さまが、役者の子を身籠《みごも》ったのをうちから行った中間が探り出しましてね。百両ほど口止めに戴きましたよ」

政五郎は、命を助けてくれた左近に心を許しているのか、楽しげに笑った。

「強請《ゆす》りか……」

「旦那、そう云っちゃあ身も蓋《ふた》もねえ」

「他には……」

「他にねえ。そういえば、大昔、博奕打ちの貸し元の女に手を出した大店《おおだな》の旦那がいましてね。あっしが話を着けてやり、ここの地べたを譲って貰ったのですが、倅《せがれ》の若旦那が貸した土地だから返せと云い出しましてね」

小間物屋『紅花堂』清吉の事だった。

「その辺り、本当はどうなのだ」

「冗談じゃあねえ。最初はそうでしたが、亡くなった旦那にちゃんと金を払いましたよ」

「払った……」

「ええ。毎年、僅かずつですが、十年掛かって払いましたよ」

左近は眉をひそめた。

「もし、若旦那がそいつを知らないなら、きっと恨んでいるかも知れませんねえ」

政五郎は、不敵な笑みを浮かべた。

大身旗本と『紅花堂』清吉……。

左近は、大身旗本を調べてみる事にした。

三

娘が役者遊びの挙句《あげく》に子を身籠った大身旗本の屋敷は、神田川と江戸川が合流する処に架かる船河原橋《ふながわらばし》の東詰にあった。

屋敷の主は、三千五百石取りの小普請組支配・岡田修理《おかだしゅり》だった。

左近は、周囲の屋敷の中間・小者たち、出入りを許されている商人に岡田家の評判を尋ねた。

岡田家の評判は良くなかった。

無役の小旗本や御家人を監督支配する役目の修理は、付け届けや賄賂《わいろ》を好む人柄であり、奥方は着物や櫛《くし》・簪《かんざし》を見境なしに買い漁《あさ》る浪費家だった。そして、嫡男は取り巻きを連れて遊び歩き、一人娘も役者遊びに現《うつつ》を抜かしていた。

周囲の屋敷の中間・小者は嘲笑《あざわら》い、出入りの商人たちは呆れ果てていた。だが、役者遊びに現を抜かしている娘が身籠った事は知られていなかった。

左近は尚も探りを入れ、岡田家の台所が火の車だと知った。

政五郎の強請りは、岡田家にとって許せるものではなかった。だが、嫁入り前の一人娘が役者の子を身籠ったことは、岡田家の秘中の秘である。

口入屋『弁天屋』政五郎は、百両出さなければ一人娘の身籠った事を世間に云い触らすと脅迫した。

幾ら隠しても事実は事実だ。言い触らされれば、面白おかしく広まるのに決まっている。

岡田修理は、怒り狂いながらも政五郎に百両の金を渡すしかなかった。

左近は苦笑した。

政五郎を生かしてはおけない……。

旗本の岡田修理が、政五郎の命を狙っても何の不思議もない。

左近は、岡田屋敷に早川精四郎が出入りしているか探る事にした。


日が暮れ、湯島天神門前の飲み屋『梅や』は客で賑わっていた。

二階の部屋で酒を飲んでいた早川は、階下の板場に降りて勝手口から外に出た。

女将のお紺と客の笑い声が響いた。

早川は、夜道を不忍池に向かった。

不忍池は月明かりが映え、三味線《しゃみせん》の爪弾きが流れていた。

早川は、池之端仲町《いけのはたなかちょう》の外れにある黒塀に囲まれた仕舞屋《しもたや》の木戸を叩いた。仕舞屋の木戸が、下男の老爺によって開けられた。早川は辺りを窺い、素早く木戸を潜った。

神田川と江戸川が合流する船河原橋と、その先の牛込《うしごめ》御門前神楽坂《かぐらざか》の間に揚場《あげば》町《ちょう》がある。

揚場町は武家地に囲まれた町であり、荷揚場があった。

左近は、岡田屋敷から出て来た中間たちを追い、荷揚場にある居酒屋の暖簾を潜った。

居酒屋の店内では、問屋場の人足や旗本屋敷の中間・小者たちが酒を飲んでいた。

岡田家の中間たちは、店の隅に陣取って酒を飲み始めた。左近は、隣に座って酒を頼んだ。中間たちは、奉公先である岡田家の主一家を肴《さかな》にして酒を飲んでいた。

左近は、中間たちの話を聞きながら酒を飲み続けた。中間たちの話に、〝早川精四郎〟の名前は出て来る事はなかった。

左近は、中間たちに酒を勧めた。

「こいつは旦那、おそれいります」

「いや。ま、飲んでくれ」

左近は、中間たちと酒を飲み始めた。

「ところで、早川精四郎という浪人を知っているか……」

左近は尋ねた。

「早川精四郎って浪人ですかい」

「うむ」

中間たちは、顔を見合わせて首を捻った。

「さあ。聞いた事ありませんが……」

中間の一人が告げ、残る一人が眉をひそめて頷いた。

中間たちに嘘はない……。

早川が岡田屋敷に出入りしていれば、中間たちが知らぬはずはない。

早川精四郎は、旗本岡田修理と関わりはないのかも知れない。

左近は睨んだ。

「そうか。ま、飲んでくれ」

左近は中間たちと酒を飲み、居酒屋の賑わいは続いた。


事は急ぐ……。

早川は、加藤、田中、蓑吉に告げた。

「じゃあ……」

加藤と田中は、緊張した面持ちで猪口を持つ手を止めた。

「うむ……」

早川は猪口の酒を飲み干し、窓の外に見える口入屋『弁天屋』を窺った。『弁天屋』は大戸を閉めて静けさに包まれていた。

「政五郎、家にいるな」

「ああ。年増の妾を呼び、若い者に詰めさせている」

加藤は猪口を置いた。

「それに、あの若い浪人もいるかも知れねえ」

「下手に踏み込めば返り討ちか……」

田中は、苦い薬でも飲むような面持ちで酒を飲み干した。

加藤は怯え、蓑吉は微かに震えた。

早川は苦笑し、懐から二十枚の小判を取り出し、三人の前に置いた。二十両は、池之端の仕舞屋にいた依頼人から受け取った金だった。三人は、小判の輝きに思わず喉を鳴らした。

「今までの給金の他に五両ずつだ」

早川は、探るように三人を窺った。

「分かった……」

加藤は喉を引き攣《つ》らせ、小判を睨みつけて頷いた。

「田中と蓑吉はどうする」

「やる……」

田中と蓑吉は声を揃えた。

命を賭けなければ、金は稼げない……。

早川は嘲笑を浮かべた。


神田川の流れは月明かりに煌めいていた。

旗本岡田修理が、政五郎に百両もの金を脅し取られたのは確かだ。だが、岡田がそれを怒り、早川たちに闇討ちを依頼したかどうかは分からなかった。

やはり、早川精四郎から聞き出すしかないのだ……。

左近は、牛込揚場町の居酒屋を出て神田川沿いの道を湯島天神門前町に急いだ。


口入屋『弁天屋』の店先では、若い衆や出入りしている男たちが酒を飲んだり、賑やかに賽子遊びをしていた。

政五郎は座敷に入り、年増妾のお幸《こう》の酌で酒を飲んでいた。若い衆の声が、座敷に時々聞こえて来ていた。

「旦那、本当に命を狙われているんですか」

お幸は不安げに眉をひそめた。

「ああ。どこの馬鹿か知らねえがな」

政五郎は、鼻の先で笑って酒を飲んだ。

「でも、若い衆があれだけ不寝《ねず》の番をしていりゃあ大丈夫だよね」

お幸は己に言い聞かせ、政五郎の猪口に酒を満たした。

「まあな。たとえ押し込まれても逃げる暇は充分にあるぜ」

政五郎は不敵に笑い、お幸を抱き寄せて酒を飲んだ。


若い衆と男たちは四人で一組となり、四半刻毎に『弁天屋』の周囲を見廻っていた。

蓑吉は龕灯《がんどう》の明かりを素早く躱し、見廻りの男たちの通り過ぎるのを待った。見廻りの男たちは、蓑吉に気付かずに通り過ぎて行った。蓑吉は、壺を抱えて物陰から現れた。そして、板壁に壺に入れてあった油を掛けた。油の臭いが漂った。続いて蓑吉は、竹筒に仕込んだ火縄を取り出し、ぼろ布に火をつけて油に放った。

口入屋『弁天屋』の板壁に掛けられた油伝いに炎が走った。

蓑吉は、薄笑いを浮かべて素早く身を翻した。

炎は踊るように燃え上がった。

蓑吉は、早川たちの許に駆け戻った。

「火を放ったか」

加藤は、緊張に声を上擦らせた。

「へい」

「加藤……」

早川は『弁天屋』の裏手を示した。

『弁天屋』の裏手が明るくなり、赤い炎が燃え上がるのが見えた。

「よし。火が廻って騒ぎになったら加藤と田中は表から行ってくれ。俺と蓑吉は裏から踏み込む」

早川は、蓑吉を従えて『弁天屋』の裏手に走った。

加藤と田中は、手拭で頰被《はっかむ》りをして顔を隠し、騒ぎが起こるのを待った。

火は燃え広がり始めた。

「火事だぁ」

若い衆の驚きがあがった。同時に『弁天屋』から若い衆や男たちが飛び出して来た。

「水だ。水を持って来い」

「消せ。早く火を消せ」

若い衆と男たちは血相を変えて叫び、慌てて火を消し始めた。だが、燃え広がった炎の勢いは衰えはしなかった。


「火事だぁ」

外の騒ぎが座敷に届いた。

政五郎は、猪口を持つ手を止め、眉をひそめて様子を窺った。

「旦那……」

お幸は怯えを滲《にじ》ませた。

廊下に駆け寄って来る足音がし、若い衆が叫んだ。

「親方、火事です」

「分かった」

政五郎は、素早く匕首を懐に入れて身支度を整えた。

「だ、旦那……」

お幸は腰を抜かし、懸命に立ち上がろうとしていた。

「しっかりしろ、お幸」

政五郎は、苛立たしげにお幸を引きずり立たせた。お幸は必死に立ち上がった。

煙が流れ込み、若い衆や男たちの怒号が飛び交った。

「お幸、逃げるぞ」

政五郎は、お幸を連れて座敷を出た。廊下には煙が満ち溢れ、炎が入り込んでいた。

「旦那……」

お幸は震えた。

「台所だ」

政五郎とお幸は台所に向かった。


口入屋『弁天屋』は燃え上がった。

若い衆や男たちは、必死に火を消し続けた。

野次馬が集まり始めた。

「行くぞ」

加藤と田中は、騒ぎに紛れて『弁天屋』の店に駆け込んだ。

「何だ手前ら」

若い衆が加藤と田中を咎《とが》めた。次の瞬間、加藤は若い衆を叩き斬り、政五郎を探してあがり框《かまち》に駆け上がった。

台所に火はまだ廻っていない。

政五郎とお幸は、勝手口から逃げようと台所に進んだ。勝手口の戸が開いているのか、風が僅かに流れ込んで来た。飯炊きの老夫婦が逸早く逃げたか、あるいは何者かが忍び込んだのかも知れない。政五郎の獣のような勘は疑い深く、残忍だった。

政五郎は、お幸を暗い台所に突き飛ばし、勝手口に走った。お幸は短い声をあげ、暗闇に潜んでいた早川に思わず抱きついた。

「退け」

早川は焦り、抱きついたお幸を乱暴に振り払った。政五郎の行く手に蓑吉が立ち塞がった。政五郎は匕首を閃《ひらめ》かせた。蓑吉は腕を斬られて仰け反った。政五郎は勝手口から飛び出した。早川が追い縋り、政五郎の背に袈裟《けさ》懸《が》けの一太刀を浴びせた。

政五郎は背中を袈裟懸けに斬られ、大きく踏鞴《たたら》を踏んで前のめりに倒れ込んだ。

早川は止めを刺そうと迫った。

「人殺しぃ。助けてくれ」

政五郎は頭を抱え、身を縮めて必死に叫んだ。

刹那、飛び込んで来た左近が、早川の刀を撥《は》ね上げた。

早川は怯《ひる》んだ。左近は、早川に素早い一刀を放った。早川は大きく飛び退き、刀を構えた。左近は政五郎を後ろ手に庇い、早川と対峙《たいじ》した。

「旦那……」

「しっかりしろ、政五郎」

左近は、湯島天神門前町の居酒屋『梅や』に向かっていて火事を知った。

「へい……」

政五郎は、苦しげに笑って気を失った。

「おのれ……」

早川は悔しさを滲ませた。

「早川、誰に雇われて政五郎の命を狙う」

左近は、間合いを詰めて早川に迫った。早川は、素早く後退して間合いを保った。

台所から火の粉が飛び、煙が渦巻いた。

蓑吉とお幸が、勝手口から逃げ出した。そして、加藤と田中が抜き身を手にして飛び出して来た。追うように炎が噴き出した。

左近と早川たちは、咄嗟に後退して噴き出した炎を躱した。

火消し人足たちが威勢良く駆け付け、燃える『弁天屋』の屋根にあがって纏《まとい》を掲げ、周囲の家々を叩き壊し始めた。

すでに斬り合う時は過ぎた……。

左近は政五郎を担ぎ上げ、炎と煙の背後に素早く消え去った。

「加藤、田中……」

早川は、加藤と田中を従えて左近を追った。

口入屋『弁天屋』は燃え盛る炎に覆《おお》われ、夜空を赤く焦がした。

公事宿『巴屋』のある日本橋馬喰町からも外神田の火事は見えた。

口入屋『弁天屋』かも知れない……。

彦兵衛は下代の清次を走らせ、おりんと火事を見つめた。

「旦那、おりんさん、火事はどうやら神田同朋町のようですよ」

婆やのお春は声を弾ませて報告し、再び火事見物の人々の中に戻って行った。

火は人を興奮させる……。

彦兵衛は苦笑した。

「叔父さん、同朋町なら……」

「うん。例の口入屋の弁天屋がある」

彦兵衛は眉をひそめた。

「旦那……」

清次が駆け戻って来た。

「どうだ」

「へい。火事は口入屋の弁天屋のようです」

清次は息を鳴らした。

「やっぱりそうか……」

彦兵衛は、『弁天屋』炎上の裏に潜むものに思いを巡らせた。

「どうします」

「よし。行ってみよう」

彦兵衛は清次を伴い、神田同朋町の口入屋『弁天屋』に急いだ。

口入屋『弁天屋』は燃え続けた。

早川は加藤や田中、そして蓑吉と共に左近と政五郎の行方を追った。だが、左近たちの行方は知れなかった。

「おのれ……」

早川は、苛立たずにいられなかった。

口入屋『弁天屋』は、燃え上がる炎に包まれて崩れ掛けていた。詰めていた若い衆や男たちは、すでに逃げ去っていた。

彦兵衛は、清次を連れてやって来た。そして、野次馬の中に左近の姿を探した。しかし、左近はいなかった。彦兵衛は、辺りの整理をしていた自身番の番人を呼び止め、政五郎の様子を尋ねた。

「そいつが政五郎の親方、どこにもいねえんですよね」

自身番の番人は、戸惑いを浮かべて首を捻った。

「いない」

彦兵衛は戸惑った。

「ええ、ひょっとしたら……」

番人は、言外に焼け死んだとの見方を臭わせた。

「店の者はどう云っているんですか」

「そいつなんですが、浪人どもが襲って来たとか、妙な事を云っているんですよね」

番人は怪訝に首を捻った。

「浪人どもが……」

彦兵衛は、早川たちを思い浮かべた。

「まさか旦那……」

清次は眉をひそめた。政五郎は、焼け死ぬ前に斬り殺されたかも知れない。

「うん」

彦兵衛は頷き、番人に尋ねた。

「で、どうして火事になったのか、店の者はどう云っているんですか」

「店の者が気付いた時には、家の横手が燃えていたそうです」

「じゃあ、付け火もありますか……」

「ええ……」

番人は眉をひそめて頷いた。

野次馬がどよめいた。

口入屋『弁天屋』が轟音《ごうおん》をあげて燃え落ち、火の粉と人々の悲鳴が夜空にあがった。

火事は、『弁天屋』の両隣に燃え広がっただけで消し止められた。

「清次、弁天屋の若い衆に金を握らせて詳しく訊いてみるんだな」

彦兵衛は、清次に小粒を幾つか渡した。

「じゃあ……」

清次は、彦兵衛に渡された金を握り締めて行こうとした。

「それから清次、左近さんがいたかも知れない。その辺もな」

「心得ました」

清次は立ち去った。

これで土地は小間物屋『紅花堂』に戻る。

火事で得をするのは『紅花堂』の清吉……。

彦兵衛は不意にそう思い、言い知れぬ困惑を覚えた。

四

口入屋『弁天屋』は焼け落ち、政五郎は生死も分からぬ行方知れずとなった。そして、焼け跡から若い衆の斬殺死体が発見され、火事は襲撃して来た浪人たちの付け火となり、月番の北町奉行所が探索を開始した。

彦兵衛は、日本橋室町の小間物屋『紅花堂』を訪れた。そして、主の清吉に逢い、口入屋『弁天屋』が火事で焼け落ち、政五郎が行方知れずになった事を告げた。

「火事……」

清吉は眉をひそめた。

「ま、これで同朋町の土地は、紅花堂に戻る事になります」

「それはありがたいことです」

清吉は頷いた。

「ですが、何分にも火事は付け火。死人も出て北町奉行所が動いているので、すぐにとはいかないでしょう」

彦兵衛は静かに告げた。

「はい……」

清吉は頷き、吐息を洩らした。

彦兵衛は、清吉の洩らした吐息の真意に思いを巡らせた。

雑司ヶ谷鬼子母神《ぞうしやきしぼじん》裏の雑木林には斜光が差し込み、静寂に包まれていた。

雑木林の奥に建つ小屋からは、僅かな煙が立ち昇っていた。

小屋の中には、格子窓から日が差し込んでいた。

石で組まれた竈《かまど》には火が燃え、掛けられた土瓶《どびん》からは煎じ薬《せんぐすり》の匂いが漂っていた。

左近は煎じ薬を湯呑茶碗に注ぎ、眠っていた政五郎を起こした。

「起きろ、政五郎」

政五郎は、微かに呻《うめ》いて眼を覚ました。

「さあ、薬を飲め」

左近は、政五郎に湯呑茶碗の煎じ薬を飲ませた。

政五郎は、顔を歪めて煎じ薬を啜った。

左近は、燃え盛る『弁天屋』から気を失った政五郎を連れ出し、雑司ヶ谷鬼子母神裏の小屋に走った。鬼子母神裏の林に建つ小屋は、秩父忍びの陽炎と薬師《やくし》の久蔵《きゅうぞう》が作った江戸での隠れ家だった。小屋には、様々な忍びの道具と薬が隠されている。左近は、隠されている薬を使い、政五郎の手当てをした。薬師の久蔵の作った薬は良く効いた。袈裟懸けに斬られた傷は深かったが、政五郎は辛うじて命を取り留めた。

左近は、政五郎に煎じ薬を飲ませ終えた。

政五郎は、再び眠りに就いた。

夜まで目覚める事はない……。

左近はそう判断し、竈の火を落として戸締まりをした。

小屋を出た左近は、神田明神下同朋町に向かって雑木林を走った。

木洩れ日が微かに揺れた。


公事宿『巴屋』は、泊まり客と房吉たち下代が公事訴訟で月番の北町奉行所に出掛けて静かだった。

左近は、公事宿『巴屋』の表を窺った。

『巴屋』は暖簾を微風に揺らし、隣の煙草屋の店先では婆やのお春と隠居がお喋りに花を咲かせていた。いつもの光景だった。

『巴屋』に異変はない……。

左近は苦笑し、『巴屋』に向かった。

「あら、お帰り」

お春が逸早く左近に気付き、隠居と分かれて『巴屋』に報せに走った。左近は、隠居に会釈をして『巴屋』の店土間に入った。

「お帰りなさい」

おりんが奥から現れ、左近を出迎えた。

「やあ……」

左近は微笑んだ。

庭には木洩れ日が揺れていた。

左近は、おりんの淹れてくれた茶を飲んだ。

「それで、政五郎は命を取り留めましたか」

彦兵衛は、眉をひそめて吐息を洩らした。

「ええ……」

左近は頷いた。

「左近さん、政五郎に肩入れする訳、話して下さい」

「彦兵衛どの。政五郎は、強請りたかりや騙《かた》りを働く悪党です。ですが、憎めないところもあります。それより、此度《こたび》の一件では、早川精四郎たち浪人に命を狙われているのは確かです。誰が早川たちを金で雇い、政五郎を殺そうとしているのか突き止めるまでは、生かしておくべきではないでしょうか」

左近は、彦兵衛を正面から見つめた。

彦兵衛は言葉に詰まった。

左近の云う事は正しい……。

彦兵衛は、政五郎に軽くあしらわれた事にこだわっている自分を密かに恥じた。

「分かりました。ところで政五郎の命を狙って早川たちを雇った黒幕、何処の誰かは……」

彦兵衛は左近を窺った。

「そいつなのですが、旗本の岡田修理はどうも違うように思えるのです」

左近は眉をひそめた。

「じゃあ、他には誰が……」

「そいつはまだなんですが。彦兵衛どの、紅花堂の旦那はどうですか」

左近の眼が微かに輝いた。

「そんな……」

彦兵衛は苦笑した。

「確かに清吉さんは、政五郎を恨んでいるかも知れません。ですが、巴屋に公事を頼んだのです。同時に浪人を雇って政五郎を殺そうとしているなんて……」

彦兵衛は苦笑した。

「公事を頼んで来たのが、疑われるのを躱すための偽りだったらどうします」

「偽り……」

彦兵衛は戸惑った。

「はい。町奉行所に信用のある彦兵衛どのを自分の都合の良い証人にする……」

左近は鋭い睨みをみせた。

「もしそうだとしたら、私は清吉に手玉に取られ、上手《うま》く利用されている……」

彦兵衛の顔に厳しさが過《よ》ぎった。

「紅花堂清吉、調べてみる価値はあります」

左近は云い放った。

彦兵衛は頷くしかなかった。

日本橋室町の小間物屋『紅花堂』は若い娘客で賑わっていた。

おりんは客を装い、店内の様子を窺った。

番頭や手代たちが客の相手をしており、主の清吉の姿は見えなかった。おりんは『紅花堂』を出て、日本橋通りを横切った処にある古い蕎麦屋《そばや》に入った。

古い蕎麦屋の店内には左近と清次がいた。

「どうでした」

「清吉の旦那、いないようですよ」

おりんは眉をひそめた。

「いない……」

「ええ。はっきりしないけど、とにかく店には出ていないわよ。ちょいと、盛り蕎麦一枚下さいな」

「あいよ」

蕎麦屋の亭主は、板場で蕎麦を茹《ゆ》でながら長閑《のどか》な返事をした。

「じゃあ、あっしが確かめて来ます」

清次は、身軽に古い蕎麦屋を出て行った。

「旦那さまですか……」

帳場にいた番頭は、戸惑いを浮かべて清次を見上げた。

「はい。うちの旦那の彦兵衛がお逢いしたいので、今日明日のご都合は如何か聞いて来るように云われまして。旦那さまは……」

「それが、旦那さまはお出掛けになっておりまして……」

番頭は、申し訳なさそうに告げた。

「お出掛けですか……」

「はい」

「どちらへ……」

「それは、ちょいと分かりかねまして……」

番頭は言葉を濁した。

知っていて惚ける言葉の濁し方だ……。

清次はそう睨んだ。

「そうですか……」

清次は肩を落とした。

「あの、巴屋の旦那さまのご用とは……」

番頭は心配そうに尋ねた。

「神田同朋町の土地の件で急いでお報せしたい事があるとか申しておりました」

清次は、それとなく鎌をかけた。

「急ぎの報せ……」

「じゃあ出直して参ります」

清次は、番頭に頭を下げて『紅花堂』を後にした。

番頭は、不安げに清次を見送り、手の空いている手代を呼んだ。


清次は、左近とおりんに清吉の留守を告げた。

「やっぱりね……」

おりんは盛り蕎麦を啜った。

「何処に行っているかは……」

左近は眉をひそめた。

「番頭さん、知っているくせに惚けていましてね。ですから、ちょいと鎌をかけて来ましたよ」

清次は笑みを浮かべ、窓から『紅花堂』を見張った。

「鎌……」

おりんは、蕎麦を啜る手を止めた。

「ええ。うちの旦那が、同朋町の地所の件で急いで清吉旦那に逢いたいと云っていると。どうやら鎌に引っ掛かったようですぜ」

清次は、『紅花堂』から走り出て行く手代を示した。

「成る程、番頭が旦那の清吉に出した使いですか」

左近は笑った。

「ええ」

「よし。おりんさん、私と清次は手代を追います。この事を彦兵衛どのに報せて下さい」

「分かったわ」

左近と清次は、手代を追って古い蕎麦屋を出て行った。

『紅花堂』の手代は、日本橋の通りを神田川八ツ小路《やつこうじ》に急いでいた。

左近と清次は追った。

神田川に架かる筋違《すじかい》御門を渡った手代は、御成《おなり》街道を下谷広小路に向かった。

下谷広小路は、上野寛永寺の参拝客や不忍池を散策する人々で賑わっていた。

手代は賑わいを抜け、池之端仲町に入った。

池之端仲町には、料理屋や黒塀を巡らした仕舞屋が並んでいる。

手代は、黒塀の巡らされた仕舞屋の木戸を叩いた。木戸が開き、下男の老爺が顔を出した。手代が老爺に何事かを囁いた。老爺は身を退いて手代を中に入れ、辺りを見廻して木戸を閉めた。

左近と清次は見届けた。

「紅花堂の旦那、ここにいるんですかね」

清次は、黒塀に囲まれた家を見上げた。

「きっとな……」

「って事は、囲っている女の家ですか……」

清次は苦笑した。

「かも知れぬな」

「じゃあ、ちょいと調べて来ますよ」

「頼む」

清次は、左近を残して駆け去った。

左近は仕舞屋の裏手の路地に廻り、辺りに人影がないのを確かめて地を蹴った。

そして、裏の家の屋根に忍んで仕舞屋を窺った。

裏の家の屋根からは、仕舞屋の庭と居間が見えた。

居間では、色っぽい若い女が膳の上の空いた皿や小鉢を片付けていた。

寛《くつろ》いだ姿の清吉が入って来て膳の前に座った。

「お店で何かあったんですか……」

若い女は、清吉に酒を酌しながら尋ねた。

「うん。同朋町の土地の件でな。大した事じゃない」

清吉は、手代から事の次第を聞き、店に戻るように命じた。左近は、屋根の上から下谷広小路に戻って行く手代を見送った。

清吉は、猪口に満ちた酒を飲んだ。

「おゆき……」

清吉は口を酒に濡らし、おゆきを抱き寄せた。おゆきは清吉にしなだれかかり、甘えるように酒を飲ませて貰った。

妾の名はおゆき……。

左近は、楽しげに酒を飲む清吉とおゆきを見守った。

清次は自身番の番人に金を握らせ、仕舞屋について聞き込んで来た。

「住んでいるのは、妾稼業のおゆきって二十四歳になる女と、留守番の下男夫婦の三人です」

「家の持ち主は誰だ」

「そいつが、日本橋は室町の小間物屋紅花堂のものだそうですよ」

「紅花堂のもの……」

左近は眉をひそめた。

「ええ。死んだ先代の残した借金を返すために売る土地は、同朋町の他にもあった訳ですよ」

清次は、皮肉たっぷりに笑った。

「そうなるな……」

清吉は本性を僅かに見せた。

左近は苦笑した。

「旦那がどう思うか……」

清次は、主の彦兵衛を思いやった。

「うむ。とにかくこの事を彦兵衛どのに報せてくれ。私は此処《ここ》を見張る」

「いえ、見張りはあっしが。左近さんが旦那に報せて下さい」

「清次、ひょっとしたら早川たちが現れるかも知れぬ」

左近は、早川が現れたら決着をつける覚悟なのだ。清次は気付いた。

「分かりました。じゃあ、旦那に報せて急いで戻ります。ご免なすって」

清次は身を翻した。

左近は、清次を見送って裏路地に忍んだ。


彦兵衛は眉をひそめた。

「池之端に妾を囲っている……」

「はい。で、妾を囲っている家は紅花堂のものでした」

清次は彦兵衛に告げた。

「そうか……」

彦兵衛は悔しさを滲ませた。

左近の睨み通り、清吉には疑わしいところが多い。神田同朋町の土地を政五郎に貸したと記した古証文も本物かどうか疑わしい。もし、古証文が偽造した物なら、清吉は同朋町の土地を奪い取ろうとしている事になる。となると、早川たち浪人を雇い、政五郎の闇討ちや『弁天屋』に火を放ったのも清吉の企みなのだ。

彦兵衛は、全身に怒りが湧きあがるのを感じた。


遊び人風の男が裏通りをやって来た。

蓑吉だ……。

左近は、己の睨みが正しかったのを知った。

蓑吉は辺りを警戒し、仕舞屋の黒塀の木戸をそっと叩いた。下男の老爺が木戸から顔を出し、蓑吉を黒塀の内に入れた。

清吉と蓑吉たちがようやく繋がった……。

左近は冷たく笑った。


蓑吉は、清吉に政五郎の消息が分からない事を告げた。

「何処にもいないのか……」

清吉は、眉間《みけん》に苛立ちを滲ませた。

「はい。ですが、早川の旦那が叩き斬ったのは間違いありませんので、もう何処かで死んでいるのかも知れません」

「蓑吉、かも知れねえじゃあ困るんだよ」

清吉は吐き棄てた。

「へ、へい……」

蓑吉は怯えた。

「それにしても、政五郎を連れて行った野郎、何処の誰なんだ」

「早川の旦那の話じゃあ、忍びかも知れねえと……」

「忍び……」

清吉は眉を歪めた。

「へい……」

「とにかく蓑吉、一刻も早く政五郎を見つけ出し、生きていたら止めを刺すように早川さんに伝えろ」

「承知しました」

蓑吉はそそくさと居間を出た。

清吉は、腹立たしげに猪口の酒を呷《あお》った。

仕舞屋を出た蓑吉は、下谷広小路を寛永寺脇の山下に抜け、正宝寺門前を東に折れた。そのまま進むと新寺町、東本願寺門前となって浅草に出る。蓑吉は足早に進んだ。

行き着く先には早川たちがいる……。

左近は追った。

蓑吉は浅草広小路を通り、大川に架かる吾妻橋の手前を北に入った。そこは花川戸町だった。そして、大川沿いの道を進み、山谷堀《さんやぼり》に架かる今戸橋《いまどばし》に差し掛かった。

蓑吉は、いきなり止まって振り返った。その眼には、警戒と怯えが複雑に入り混じっていた。

左近は素早く路地に入り、蓑吉の前に出るべく山谷堀を大きく跳んだ。

尾行して来る者はいない……。

蓑吉はそう見定めて足を早め、左近の忍ぶ路地の前を通り過ぎた。

左近は、路地を出て尾行を続けた。

今戸町には寺が甍《いらか》を連ねている。

蓑吉は、その一軒である妙安寺の境内に入った。そして、妙安寺の裏手の植え込みの陰にある家作に入った。

左近は突き止めた。

家作には、早川が加藤や田中と一緒にいるはずだ。

左近は家作に忍び寄り、気配を消して中の様子を窺った。家の中には、数人の男の気配がした。だが、気配の主が早川たちかどうかは定かではない。

最早、相手の出方を窺っている時は過ぎている……。

左近は家作の庭先に廻り、鋭い殺気を放ちながら縁側にあがった。

加藤と田中が奥から現れ、驚きながらも刀を抜いた。

「口入屋弁天屋に火を放ち、政五郎の命を狙ったはおぬしたちだな」

左近は問い質《ただ》した。

「黙れ」

田中は獣のように叫び、猛然と左近に斬り掛かった。左近は後退も躱しもせず、その場に佇んだまま無明刀を真っ向から斬り下げた。

田中は眼を見開き、首筋から血を振り撒いて横倒しに倒れた。加藤は激しく震え、悲鳴をあげて家の奥に逃げ込んだ。だが次の瞬間、加藤は顔面を断ち斬られ、悲鳴をあげて転がり出て来た。

左近は見守った。

加藤は、顔を血まみれにして惨めにのたうち廻った。早川が血刀を下げて現れ、泣き叫ぶ加藤の首に止めを刺した。加藤は、喉を笛のように鳴らして絶命した。

「卑怯未練な臆病者め……」

早川は嘲りを浮かべて吐き棄て、左近に戸惑いの眼差しを向けた。

「おぬし、何者なんだ……」

「公事宿巴屋出入吟味人日暮左近……」

左近は静かに告げた。

「日暮左近……」

早川は眉をひそめた。

「左様。早川精四郎、何もかも小間物屋紅花堂主清吉に頼まれての所業だな」

「知ってどうする」

「真であれば巴屋は公事から手を引く」

「ならば、早々に手を引くがいい」

早川は左近に鋭く斬り付けた。左近は庭先に跳び、体勢を整えた。早川は庭に降り、猛然と斬り掛かってきた。

左近は、大きく背後に跳びさがり、無明刀を頭上に立てるように構えた。無明刀と左近が一振りの刀と化した。

だが、左近は無防備の隙だらけになった。

早川は薄笑いを浮かべ、刀を煌めかせて左近に突進した。左近は微動だにしなかった。

早川が見切りの内に踏み込んだ。

剣は瞬速……。

左近は無明刀を閃光となし、早川の頭上に斬り降ろした。

無明斬刃……。

早川は呆然とした面持ちになり、額の真ん中から一筋の血を流して前のめりに倒れた。

「日暮左近……」

早川は微かに呟いて絶命した。

左近は家の中の暗がりを見据えた。

蓑吉が暗がりに蹲《うずくま》り、恐怖に激しく震えていた。

「蓑吉……」

蓑吉は狂ったような悲鳴をあげ、匕首を握り締めて左近に突進した。左近は僅かに身を引いて躱し、蓑吉を張り飛ばした。蓑吉は板壁に激突した。肩の骨が折れる音が響き、蓑吉は気を失って倒れた。

寺の鐘が申《さる》の刻七つ（午後四時）を鳴らした。

小間物屋『紅花堂』の奥の座敷は、日本橋通りの賑わいをよそに静寂に包まれていた。

「一件から手を引く……」

清吉は眉をひそめた。

「ええ。以後、手前どもは神田同朋町の地所には一切関わりはありません」

彦兵衛は、清吉を見据えて告げた。

「そうですか……」

清吉は微かな嘲りを浮かべ、引き留めはしなかった。

「それではこれで……」

長居は無用だ……。

彦兵衛は座を立った。

「旦那さま……」

番頭が血相を変えて駆け込んで来た。

「どうした」

清吉は厳しく尋ねた。

「町奉行所のお役人さまが……」

「退け」

町方同心と捕り方たちが、番頭を突き飛ばして雪崩《なだ》れ込んで来た。

「な、何の御用に……」

清吉は驚き、焦った。

「紅花堂清吉。口入屋弁天屋に付け火をするよう命じた罪でお縄に致す。神妙にしろ」

同心たちは清吉を張り倒し、乱暴に捕り縄を打った。

「お役人さま、身に覚えはございません」

清吉は必死に叫んだ。

「黙れ。蓑吉が何もかも白状したんだ。これまでだと諦めろ」

「蓑吉が……」

清吉は呆然とした。

「ああ。引き立てろ」

捕り方たちは、清吉を乱暴に引き立てた。

「旦那さま……」

番頭は、悲鳴のように叫んだ。

清吉は観念した。

神田同朋町の土地は、小間物屋『紅花堂』の先代清兵衛が、博奕打ちの貸し元の女に手を出して殺されそうになった時、政五郎に助けられた礼に譲り渡したものに相違なかった。だが、清兵衛と政五郎は、証文の始末や新しい覚書を作らずに事を運んだ。清吉は、そのいい加減さに付け込み、同朋町の土地を奪い取ろうと企んだのだ。

清吉は、表の顔と影の顔を持つ男だった。

夜の鉄砲洲波除稲荷の境内には潮風が吹き抜け、潮騒が響いていた。

左近は、八丁堀に架かる稲荷橋を渡って足を止めた。

殺気は波除稲荷の境内から放たれている。

左近は、境内の闇を透かし見た。闇の中に人影は見えないが、殺気は間違いなく放たれている。

何者だ……。

左近は、鋭い殺気を放った。次の瞬間、左近の殺気に誘われるように境内の木々の梢から空を切る音が短く鳴った。左近は夜の空に跳んだ。八方手裏剣が左近のいた場所に突き刺さった。

殺気を放っていた忍びの者がいた……。

夜空に跳んだ左近は、そのまま木々の梢に潜む忍びの者に襲い掛かった。忍びの者は、木々の梢から飛び降りた。左近は梢を蹴り、忍びの者に追い縋った。忍びの者は、追い縋る左近の腕に忍び刀を一閃させた。左近は跳んで躱し、そのまま鋭い蹴りを放った。蹴りは鈍い音をあげ、忍びの者の忍び刀を握る手首を折った。忍びの者は、刀を落として蹲った。

「何処の忍びだ」

左近は、忍びの者を検《あらた》めようとした。火薬の臭いがした。左近は大きく背後へ跳んだ。

刹那、蹲った忍びの者の身体が火を噴いた。

左近は見守った。

肉と髪の焼ける臭いが漂った。

忍びの者は燃え上がり、炎の中に消えていく。

左近の脳裏に、陽炎の面影が浮かんだ。

陽炎……。

自爆して滅んだ忍びの者が、左近を待ち構えていたのは確かだ。そして、それは陽炎に関わりがあるのか……。

左近は、夜の闇に立ち尽くした。

潮風が左近の鬢のほつれを揺らした。

第三話　流離《さすら》い

一

日本橋川には様々な船が行き交い、日本橋は賑わっていた。

馬喰町の公事宿『巴屋』の主《あるじ》・彦兵衛は、日本橋通りを京橋に向かった。

京橋川に架かる京橋を渡り、銀座四丁目の辻を東に曲がると三十間堀《さんじっけんぼり》になる。三十間堀の傍には木挽町《こびきちょう》の町並みが続き、大名や旗本の屋敷が甍《いらか》を連ねていた。

彦兵衛は、三十間堀に架かる新シ橋を渡って木挽町を抜け、武家屋敷街に入った。

武家屋敷街は人通りも少なく静寂に包まれていた。

彦兵衛は、大身旗本有馬《ありま》家の用人・沢田八兵衛《さわだはちべえ》に逢うため、屋敷に向かっていた。

有馬采女正《うねめのしょう》は四千石取りの旗本であり、用人の沢田八兵衛は彦兵衛と古くからの知り合いだった。

その沢田八兵衛が、彦兵衛に逢いたいと使いを寄越した。

有馬屋敷が行く手に見えて来た。

彦兵衛は先を急いだ。その時、お高祖頭巾《こそずきん》を被った武家女が、有馬屋敷から中間を供にして出て来た。彦兵衛は脇に寄り、武家女と擦れ違った。武家女は、彦兵衛をちらりと一瞥《いちべつ》して通り過ぎた。

陽炎……。

彦兵衛は、思わず足を止めた。

お高祖頭巾の武家女の顔は、陽炎と良く似ていた。

彦兵衛は、武家女を振り返った。武家女は振り返りもせずに立ち去って行く。その足取りに変わりはなかった。もし、武家女が陽炎なら何らかの反応があるはずだ。

だが、武家女は何の反応も見せずに立ち去って行く。

陽炎に良く似た他人……。

彦兵衛は、去って行くお高祖頭巾の武家女を見送り、有馬屋敷に急いだ。

有馬家用人の沢田八兵衛の用件は、有馬家の拝領地である下野鹿沼《しもつけかぬま》の土地争いだった。下野鹿沼の領民の間で起こった土地争いは、代官によって有馬家に報された。沢田は、争いの内容を彦兵衛に教えて助言を求めた。彦兵衛は、出入訴訟で扱った同じような一件の町奉行所の仕置を教え、参考にするように勧めた。

「ところで沢田さま、手前がお伺いした時、お屋敷から出て行かれたお嬢さまがいらっしゃいましたが、何方《どなた》さまにございますか」

彦兵衛は尋ねた。

「ああ。あのお方は、我が殿がご昵懇《じっこん》にされているお旗本の土屋兵庫助《つちやひょうごのすけ》さまのご一族でしてな。土屋さまのご書状を届けに参られたのだが、何か……」

沢田は、怪訝《けげん》に眉をひそめた。

「いいえ。手前の知り合いに良く似ておりましてね。お旗本のご一族のお嬢さまなら良く似た他人にございます」

「ほう。綾香《あやか》さまが彦兵衛どのの知り合いの娘御とそんなに良く似ていたのですか……」

沢田は感心した。

「ええ……」

彦兵衛は苦笑し、冷えた茶を啜《すす》った。

旗本・土屋兵庫助の一族の綾香……。

彦兵衛は記憶に刻み込んだ。

江戸湊は日差しに煌《きら》めき、停泊している千石船と船着場の間を艀《はしけ》が行き交っていた。

潮風は、障子の開け放たれた縁側から座敷に吹き抜けていた。

「陽炎に瓜二つの女ですか……」

左近は、陽炎の顔を思い浮かべた。

「ええ……」

彦兵衛は、有馬屋敷の帰りに八丁堀沿いを下り、鉄砲洲波除稲荷裏の『巴屋』の寮にいる日暮左近を訪ねた。

「その陽炎に瓜二つの女、土屋兵庫助と申す旗本の屋敷にいるのですか」

「きっと。土屋兵庫助さまのお屋敷は、駿河台錦小路《するがだいにしきこうじ》にあるそうですよ」

「そうですか……」

半年前、陽炎は左近に何も告げず秩父から姿を消した。消えた理由は分からないが、秩父忍びの再興を願っての行動に違いない。

その陽炎に瓜二つの女が、旗本の屋敷にいる。

「どうします」

彦兵衛は左近を窺った。

「行ってみます」

左近の鬢《びん》のほつれが、吹き抜ける潮風に揺れた。


駿河台錦小路は、神田橋御門を出た処にあった。

塗笠を目深に被り、濃紺の単衣《ひとえ》と裁衣袴《たっつけばかま》の左近が現れた。

左近は、町家である神田三河町《みかわちょう》から武家地の錦小路に入った。錦小路一帯には、大名の江戸上屋敷や旗本屋敷が連なっていた。左近は切絵図で調べて来ており、土屋屋敷はすぐに分かった。

土屋屋敷は長屋門を閉じ、静寂に包まれていた。土屋家の主・兵庫助は、五千石取りの旗本で十四人いる上様御側衆《おそばしゅう》の一人であった。

左近は、笠をあげて土屋屋敷を見上げた。

ここに、陽炎に良く似た綾香という女がいる……。

左近は辺りに人がいないのを見定め、地を蹴って長屋門の屋根に跳んだ。そして、長屋門の屋根に音もなく着地し、身を伏せて屋敷内の様子を窺った。

屋敷内の要所には家来たちが佇《たたず》み、いい知れぬ緊張感が漂っていた。

陽炎に瓜二つの綾香がいるとしたら、一族の娘として奥方などの家族と奥御殿にいるはずだ。左近は、長屋門の屋根から屋敷の大屋根に飛んだ。そして、奥に向かって大屋根を走った。

大身旗本の屋敷は、周囲に家来や中間たち奉公人の暮らす長屋のある表長屋門を配し、玄関式台から書院や使者の間などがあり、殿さまの居住する御殿から奥御殿に続いている。そして、別棟として用人などの重臣たちの暮らす中長屋などが建っている。

左近は奥御殿の屋根に走り、庭の植え込みの陰に飛び降りた。そして、奥御殿の様子を窺った。

奥御殿には奥方と家族、奥女中などが出入りしていた。左近は、陽炎と瓜二つの綾香を探した。だが、陽炎に良く似た女はいなかった。そして、奥御殿にも緊張感は漂っていた。

暮六つ（午後六時）が過ぎ、辺りは薄暗くなった。

左近は、明かりの灯された奥御殿を見張り続けた。

屋敷内の要所には篝火《かがりび》が焚《た》かれ、家来たちの警備は厳しくなった。

土屋屋敷は何かに怯えている……。

左近の勘は囁《ささや》いた。

夜が更け、北側の裏門から僅かなざわめきが聞こえた。

何事かあったのか……。

左近は奥御殿の屋根に跳び、裏門に向かった。

裏門に家来たちが集まり、血まみれの怪我人の応急手当てをしていた。

「傷は浅いぞ島田」

「しっかりしろ」

家来たちは怪我人を島田と呼び、手当てをしながら励ましていた。血の臭いが漂い、島田の顔には死相が浮かんでいた。

「相沢《あいざわ》さまだ」

相沢と呼ばれた白髪頭の武士は、島田の傍にしゃがみ込んだ。

「島田、豊丸《とよまる》さまはいかが致した」

「綾香さまが……」

島田は苦しげに告げた。

綾香……。

陽炎に瓜二つの女だ。

「綾香さまがお連れして逃げたか……」

相沢は、眉をひそめて尚も尋ねた。

「襲われた場所は何処《どこ》だ」

「昌平橋の袂《たもと》……」

島田は、最後の力を振り絞って絶命した。

「行け」

相沢は厳しく命じた。

数人の家来が裏門から走り出た。

何者かに襲われた豊丸は、島田たちが食い止めている間に綾香が連れて逃げた……。

左近は、事態を大摑みに読んだ。

不意に殺気が浮かんだ。

左近は咄嗟《とっさ》に跳んだ。

夜の闇から忍びの者が現れ、無言のまま鋭い蹴りを放って来た。

左近は、頭上に跳んで躱《かわ》し、忍びの者の背後についた。忍びの者は身体を捻り、背後の左近に忍び刀を一閃《いっせん》させた。だが、左近は素早く忍びの者の間合いの内に入り込み、忍び刀を握る腕を脇に抱え込んだ。

忍びの者は、島田を追って土屋屋敷の様子を探りに来た。

左近はそう睨《にら》み、掌で忍びの者の顔を打った。忍びの者は大きく仰《の》け反《ぞ》り、大屋根を走って屋敷脇の路地に跳び降りた。左近は、追って夜空に跳んだ。

綾香が陽炎なら、豊丸という名の子を一人で護《まも》りながら忍びの者から逃げているのだ。

放っておく訳にはいかない。

左近と忍びの者は言葉も交わさず物音も立てず、沈黙の闇で闘った。その闘いは、屋敷の者たちに気付かれる事はなかった。

忍びの者の正体を摑む……。

左近は忍びの者を追った。

忍びの者は、路地を出て神田川に走った。

左近は追った。

神田川は月明かりに白く輝いていた。

忍びの者は、昌平橋ではなく神田川の南岸にある太田姫稲荷《おおたひめいなり》に向かっていた。

左近は、一帯に異様な気配を覚えた。

結界……。

忍びの者たちは、太田姫稲荷の周辺に結界を張り巡らしている。

左近は己の気配を消した。

忍びの者が結界を巡らせている限り、綾香と豊丸は無事でいる。

左近はそう見定め、結界内の様子を探った。


土屋屋敷に現れた忍びの者は、頭《かしら》に左近の出現を告げた。忍びの者の頭は、鋭い眼差しで結界を引いた闇を見廻した。結界の中に異状はない。

「それで、土屋屋敷の動きは……」

「家来たちが襲った昌平橋に向かいました。間もなくここにも来るかと……」

「よし。急いで女と豊丸を捕らえろ」

頭は、配下の忍びの者に命じた。

忍びの者たちは散った。

綾香と豊丸を探している……。

忍びの者たちより先に見つけなければならない。

左近は、殺気を鋭く放った。

綾香が陽炎なら、左近の殺気に気付くはずだ。だが、それは忍びの者たちにも左近の存在を気付かせる事だった。左近は、大胆な賭けに出たのだ。

忍びの者の頭と配下の者たちが、左近の殺気に気付き、結界を一挙に縮めた。

左近は姿を晒《さら》した。

忍びの者たちが猛然と左近に殺到した。左近は無明刀を抜き、忍びの者の頭に向かった。前後左右から手裏剣《しゅりけん》が飛来した。左近は、無明刀で手裏剣を無造作に打ち落とし、頭に突き進んだ。

忍びの者たちは、次々と左近に襲い掛かってきた。左近の無明刀は、閃光となって煌めいた。

忍びの者たちは、無明刀の煌めきに斬り伏せられた。

左近は頭に迫った。

頭に怯えが突き上げた。だが、突き上げる怯えを打ち消すため、猛然と迎え撃った。

左近は鋭く斬り付けた。

刃が咬《か》み合い、火花が飛び散った。

そして、無明刀は頭の忍び刀を両断した。

「おのれ……」

忍びの者の頭は、折られた忍び刀を左近に投げ付け、背後に大きく跳んだ。配下の忍びの者たちが続き、夜の闇に消え去った。

左近は、油断なく辺りに忍びの者の気配を探った。忍びの者の気配はなかった。

左近は無明刀を鞘《さや》に納め、背後の茂みを振り返った。

お高祖頭巾を被った陽炎がいた。

「陽炎……」

左近は微笑《ほほえ》んだ。

「左近、私を探しに来たのか……」

陽炎は、硬い面持ちで左近を睨みつけていた。

「何をしている」

「話は後だ」

陽炎は左近の質問を無視し、己の足許から意識を失っている四歳ほどの子を抱き上げた。

「その子が豊丸か。怪我をしているのか」

「気配を悟られぬように眠らせたまでだ」

「何処に連れて行く」

「左近には関わりのない事……」

「そうは参らぬ」

左近は遮《さえぎ》った。

「見ての通り、私はすでに関わった。それに錦小路の土屋屋敷は、すでに忍びの者に見張られているだろう」

「左近……」

陽炎は、土屋屋敷を知っている左近に戸惑った。

「雑司ヶ谷に潜んだらどうだ」

左近は勧めた。

「鬼子母神裏の小屋か……」

「あそこなら誰も知らぬ」

「よし。そうしよう」

陽炎は頷いた。

「ならば、子は私が預かる」

左近は、陽炎の腕で眠っていた豊丸を己の背に括《くく》りつけた。

「行くぞ」

左近は、周囲に忍びの者の気配がないのを見定め、雑司ヶ谷に向かって走り出した。陽炎が、尾行する者を警戒しながら間を置いて続いた。

左近は疾走した。

夜の闇は切り裂かれ、渦を巻いて飛び散った。


雑司ヶ谷鬼子母神裏の雑木林は、淡い月明かりに包まれていた。

左近は、明かりを灯して小屋の中を検めた。

小屋の中には煎《せん》じ薬《ぐすり》の臭いが漂っていた。それは、神田同朋町の口入屋『弁天屋』の主の政五郎が、深手を負って養生していた残滓だ。左近は、政五郎の怪我に目途《めど》がついた頃、眠っている間に妾の許に運んだ。以来、小屋には誰も暮らしていなかった。

小屋に異状はなかった。

左近は、雑木林に潜んでいた陽炎と豊丸を招き入れた。

陽炎は、板の間に蒲団を敷いて豊丸を寝かせた。

豊丸は眠り続けた。

左近は、竈《かまど》に火を熾《おこ》して湯を沸かした。

「詳しい事情、聞かせて貰おう」

「事情が分かれば、手助けしてくれるのか」

「事情によりけりだ」

「左近、私は秩父忍びを再興したい。再興するには、金の他に確かな後ろ盾が必要なのだ」

陽炎は左近を見据えた。

「その確かな後ろ盾に豊丸が関わりあるのか」

左近は睨んだ。

「そうだ……」

陽炎は、左近を見据えて頷いた。

「豊丸は何者なのだ」

左近は、眠っている豊丸を一瞥した。

「将軍家の血筋だ」

「将軍家の血筋……」

左近は眉をひそめた。

「左様、家斉《いえなり》が孫のような公家の娘に産ませた子だ」

「公家の娘に産ませた子か……」

「家斉は、豊丸さまに御三卿田安家の家督を継がせようとしているのだ」

当代将軍十一代家斉は、同じ御三卿の一ツ橋《ひとつばし》家の出である。御三卿とは、八代将軍吉宗《よしむね》が次男宗武《むねたけ》に田安家、四男宗尹《むねただ》に一ツ橋家を創設し、九代将軍家重《いえしげ》は次男重好《しげよし》に清水家を与えて出来たものであった。御三卿の役目は宗家に将軍を継ぐ者がいない時、代わりの者を出すものだった。それは、御三家での激しい将軍跡目争いを経験した吉宗の意向であった。

家斉は、御三卿一ツ橋家の他に田安家も押さえ、将軍を己の血筋で固めようとしている。そして、側衆の一人の土屋兵庫助に豊丸を預け、その警護を命じた。土屋は用人・相沢図書《ずしょ》と相談し、秩父忍びの陽炎に豊丸の護衛を頼んだ。陽炎は引き受けた。

陽炎が家斉の子を護る狙いは、将軍家と近づく事である。そして、それは秩父忍びの確かな後ろ盾になるかも知れない。

左近は、陽炎の野心を知った。

「ならば、あの忍びの者どもは……」

「田安家が豊丸さまの暗殺を依頼した裏柳生《うらやぎゅう》の忍びだ」

「裏柳生の忍び……」

左近は、陽炎が厳しい事態に直面しているのを知った。

夜風が唸り、雑木林の梢《こずえ》を揺らした。

二

竈の火は隙間風に揺れた。

その日、豊丸は上野寛永寺御本坊裏の浄光院で暮らす生母に逢いに出掛け、その帰り道に裏柳生の忍びの者たちの襲撃を受けた。

将軍家剣術指南柳生家には、表柳生と裏柳生があった。

柳生家は、柳生新陰流《しんかげりゅう》の宗家として剣の家であった。そして、二代宗矩《むねのり》は将軍家指南役となり、大目付《おおめつけ》として幕府に重きをなした。その柳生家は、表柳生として宗矩から宗冬《むねふゆ》に受け継がれた。裏柳生は十兵衛三厳《じゅうべえみつよし》が率いる忍びの者たちであり、大目付宗矩の指示で諸藩の秘事を探り出しては取り潰しに追い込んだ。だが、泰平の世になるとともに、柳生家は役割を終えて衰退に追い込まれていった。

裏柳生の忍びの者たちは、柳生家から切り捨てられた。以来、裏柳生の忍びの者たちは、世間の裏側に消え去った。

その裏柳生の忍びの者たちが、御三卿田安家に雇われて動いている。田安家は、将軍家斉の企《くわだ》てを何とか食い止めようとしていた。

「それで、豊丸を狙っているのか……」

左近は事情を知った。

「で、左近、手を貸してくれるのか」

陽炎は、左近を睨み付けた。

「そなたを死なせる訳にはいかぬ」

左近は告げた。

「左近……」

陽炎は、微かに声を弾ませた。

左近は、陽炎の願いを叶《かな》えてやるために裏柳生の忍びたちと闘う覚悟を決めた。

竈の火は大きく燃え上がった。


土屋屋敷は篝火を焚き、家来たちが厳重な警戒をしていた。

左近は、土屋屋敷内の用人・相沢図書の長屋に忍んだ。そして、天井裏から座敷を窺った。

相沢図書は、行方知れずとなった綾香と豊丸の身を案じ、家来たちに捜索を続けさせていた。

燭台《しょくだい》の炎が微かに揺れた。

「相沢どの……」

左近は、天井裏に潜んだまま落ち着いた声音で囁いた。

相沢は白髪頭を震わせ、囁きに応えるように静かに天井を見上げた。

「何者だ」

相沢は、額の皺《しわ》を深く刻んだ。

「陽炎の使いだ」

「豊丸さまと陽炎どのは無事なのか……」

相沢は、僅かに声を弾ませた。

「左様、陽炎は裏柳生の手から豊丸を守るため、身を隠した」

「何処《いずこ》に……」

「それは申せぬ」

「そうか。何れにしろ無事で良かった」

相沢は、安堵《あんど》の吐息を洩らした。

「それで相沢どの、陽炎は事を早く進めて欲しいとの事だ」

左近は、陽炎の願いを相沢に報せた。

「心得た」

「ならば、これにて……」

「待て」

「なんだ」

「おぬし、何者だ」

「出入吟味人《でいりぎんみにん》……」

左近はそう云い残し、天井裏から気配を消した。

警戒の厳しい屋敷に何の騒ぎも起こさず忍び込み、容易に出て行く。

「出入吟味人……」

相沢図書は驚き、感心せずにはいられなかった。


土屋屋敷を出た左近は、周辺の気配を鋭く窺った。裏柳生の忍びの者は、豊丸と陽炎を追って必ず土屋屋敷に現れるはずだ。

現れた忍びの者を追い、裏柳生に攻撃を仕掛ける。

左近は闇に潜み、裏柳生の忍びの者が現れるのを待った。


柳生家は、四代宗在《むねあり》に子がなく血筋が途絶えた。以来、養子相続を繰り返し、一万石の定府大名家として続いていた。裏柳生はすでに柳生宗家とは関わりなく、大和《やまと》の山野に根付いていた。その裏柳生は、十兵衛三厳の血統を引くとされる竜仙《りゅうせん》に率いられていた。

「忍びの者だと……」

僧体の竜仙は、燭台の明かりの陰で眉をひそめた。

「はい」

忍びの者の頭は頷いた。

「秩父忍びか……」

「いえ。秩父忍びは、お館の秩父玄斎が死に、今や陽炎しかいないと聞き及びます」

「幻十郎《げんじゅうろう》、秩父忍びにはその昔、加納大介《かのうだいすけ》と申す忍びがいたが行方知れずとなり、生死のほど今以《もっ》て定かではない」

竜仙は、秩父忍びの内情にも精通していた。

「では、その加納大介……」

幻十郎と呼ばれた忍びの者の頭は、身を乗り出した。加納大介とは、左近が記憶を失う前の名前だった。

「分からぬ。分からぬが、秩父忍びが陽炎只《ただ》一人と決め付けるのは、早計と云えよう」

「はい」

「ならば幻十郎、これ以上の失敗、最早許されぬ。手立てを選ばず一刻も早く豊丸を葬《ほうむ》るのだ」

「ははっ……」

幻十郎は平伏した。

次の瞬間、燭台の炎が消えて竜仙の顔は闇に包まれた。


土屋兵庫助は顔をほころばせた。

「そうか、豊丸さまはご無事か……」

「はい。昨夜遅く、陽炎どのの使いが報せに参りました」

相沢図書は、主・土屋兵庫助に報告した。

「それで殿、田安家の抗《あらが》い、日毎激しくなっております。上様の一刻も早いご決断、お願い申しあげます」

「うむ。田安家当主宗頼《むねより》さま、病と称してご登城されず。上様御使者にもお逢いにならずお屋敷に閉じこもったまま。上様も苛立っておられる」

土屋は、腹立たしげに吐き棄てた。

「ではございましょうが、このままでは我が土屋家の者たちに、犠牲者が増えるだけにございます」

相沢は、眉を曇らせて重ねて頼んだ。その言葉の裏には、我欲を満たそうとする将軍家斉への怒りと、翻弄《ほんろう》される自分たちに対する哀れみが秘められている。

「分かっておる図書。儂《わし》とて我が家中の者どもをこれ以上、争いに巻き込みたくはない」

土屋は顔を悔しげに歪めた。

「畏《おそ》れ入りましてございます」

相沢は平伏した。

上様御側衆の土屋兵庫助は、供侍を従えて登城した。

相沢たちは見送り、屋敷の表長屋門を閉めた。土屋屋敷は、警戒を厳しくして静寂に包まれた。

豊丸は土屋屋敷にいる……。

相沢は、敵にそう思わせるべく警戒を厳重にしていた。

左近は、白髪頭の小柄な老人である相沢図書の巧妙さに感心した。

時が流れ、昼が過ぎた。

駿河台錦小路の武家屋敷街は、昼下がりの静けさに浸っていた。

武家屋敷街の往来に浪人が現れた。浪人はのんびりとした足取りで来るが、微かな緊張を滲《にじ》ませていた。

裏柳生の忍び……。

左近は、斜向《はすむ》かいの屋敷の路地に潜み、浪人を見張った。

浪人は辺りに人気がないのを見定め、土屋屋敷を見上げた。そして、表長屋門の上に跳ぼうとした。

刹那《せつな》、左近は殺気を放った。

浪人は、跳ぼうとした寸前で身を反転させて後退した。そして、素早く身構え、放たれた殺気の出処を探った。だが、人影は見えなかった。

何れにしろ見張られている……。

浪人は、足早に土屋屋敷から離れた。

斜向かいの路地にいた左近は、屋敷の大屋根に跳んだ。そして、連なる武家屋敷の大屋根伝いに浪人を追った。

浪人は尾行を警戒しながら錦小路を抜け、神田川に架かる昌平橋を渡った。

神田川には荷船が行き交っていた。

左近は、備後福山藩阿部伊予守《びんごふくやまはんあべいよのかみ》の江戸上屋敷の大屋根から飛び降り、浪人を追って神田川を渡った。

昌平橋を渡った浪人は、明神下の通りを不忍池に向かった。そして、時々立ち止まり、慎重に尾行者の有無を確かめた。

左近は、明神下の通りを行く浪人の反対側を並んで歩いた。浪人は、並んで不忍池に向かう左近に不審を抱かなかった。


不忍池では水鳥が群れをなして遊んでいた。

畔《ほとり》に出た左近は、不忍池を眺めて大きく背伸びをした。浪人は、池と雑木林の間の小道を西に進んだ。左近は雑木林に入り、浪人を尾行した。やがて浪人は、池の畔にある寺の山門を潜った。

左近は山門に走り、境内《けいだい》を覗いた。

浪人は、狭い境内を横切って庫裏《くり》に入った。

左近は、山門に掲げられた扁額《へんがく》を見上げた。扁額には真行寺の文字が消え掛かっていた。

真行寺も裏柳生に関わりがあるのか……。

左近は、真行寺の周囲を調べた。周囲に不審なところはなかった。

左近は、真行寺の境内に入って庫裏の様子を探った。庫裏は静まり、人の気配は窺えなかった。だが、血の微かな臭いが、左近の鼻をついた。

水鳥の群れが、不忍池から羽音を鳴らして一斉に飛び立った。

左近は、羽音の中に微かな殺気を感じ、地を蹴った。庫裏の壁に半弓の矢が次々と突き刺さった。

誘い……。

左近は高々と宙を跳び、真行寺の屋根に降りようとした。だが、屋根の上には忍びの者たちが現れ、左近を待ち構えた。

左近は無明刀を抜き、輝きを与えながら屋根に着地した。忍びの者の一人が、血《ち》飛沫《しぶき》をあげて屋根から転げ落ちた。

左近に容赦はなかった。そこには、誘いに乗せられた悔しさと、己への怒りが含まれていた。

左近は、庫裏の屋根から本堂の屋根に走り、縦横に闘った。無明刀は煌めき、忍びの者たちの刀を握る腕や脚が斬り飛ばされた。

瓦《かわら》は血に濡れ、踏み割られて砕け散る。

残った忍びの者たちが屋根から逃げた。

左近は追って屋根を跳んだ。手裏剣が集中的に飛来した。

左近は、無明刀を煌めかせて手裏剣を叩き落とし、庫裏の前に着地した。忍びの者たちの姿はすでに消えていた。

左近は庫裏に踏み込んだ。

血の臭いが漂っていた。

左近は庫裏の奥座敷に進んだ。住職と寺男の斬殺死体が転がっていた。

裏柳生の忍びの者たちは、左近を誘《おび》き出して殺す場所に真行寺を選んだ。選んだのが偶然なのか、理由があるのか分からないが、住職と寺男が命を落としたのは事実だ。

左近は、裏柳生の非情さを思い知らされた。

真行寺は静けさに包まれ、忍びの者の気配は何処にもなかった。

水鳥の群れが、甲高い鳴き声をあげて夕暮れの不忍池に戻って来た。

いきなり不吉な予感が過《よ》ぎった。

まさか……。

左近は、錦小路土屋屋敷に急いだ。

夕陽は不忍池を赤く染め始めた。

錦小路土屋屋敷は、夕陽を背に受け黒い影になった。

篝火は燃え上がり、相沢たち家来は厳しい警戒を続けていた。

裏柳生の忍び頭・如月《きさらぎ》幻十郎は、土屋屋敷の大屋根に忍んで配下の報せを待った。

やがて、幻十郎の傍らに忍びの者が現れた。

「首尾は……」

幻十郎は言葉少なに尋ねた。

忍びの者は、首を横に振って項垂《うなだ》れた。

「おのれ……」

幻十郎は、左近抹殺の失敗を知り、吐き棄てた。左近を誘き出して抹殺するとともに豊丸の身柄を奪い盗る。それが、幻十郎の企てだった。だが、企ての一方は水泡に帰した。

残るは豊丸の身柄の奪取……。

別の忍びの者がやって来た。

「豊丸の居場所、分かったか……」

「それが何処にも」

「陽炎は……」

「それも、やはり……」

「いないのか」

幻十郎は眉をひそめた。

「だが、この厳しい警戒、豊丸を護らんがためのもの……」

「はい」

幻十郎は、何かに気付いて言葉を飲んだ。

「囮《おとり》か……」

幻十郎は焦りを滲ませた。土屋屋敷に豊丸と陽炎はいない。そして、厳しい警戒はいるように見せかける囮なのだ。

己が企んだように敵も企む……。

「頭……」

忍びの者は戸惑いを見せた。

「ふん。小細工をしおって、囮なら乗ってやるまで……」

幻十郎は、残忍な笑みを浮かべた。

土屋兵庫助は、相沢図書を相手に暗い面持ちで酒を飲んでいた。

「ならば上様は……」

相沢は、額に深い皺を刻んだ。

「なんとしてでも、豊丸さまを田安家の養子にいれ、家督を継がせろとの仰せだ」

土屋は、苛立たしげに盃の酒を呷《あお》った。

「我らの苦労も知らず……」

「殿……」

相沢は遮った。

「滅多な事は申されますな」

相沢は白髪眉をひそめ、土屋を諫《いさ》めた。

土屋は、盃に酒を満たして再び呷った。

その時、裏柳生の忍びの者が庭先から乱入して来た。

「殿……」

相沢は白髪頭を振り、脇差を抜いて忍びの者に体当たりした。忍びの者は、白髪頭の相沢を見くびったのを悔やみ、腹から血を振り撒いて倒れた。だが、忍びの者は次々と庭先から現れた。

「殿……」

相沢は返り血を浴びながらも、震える土屋を後ろ手に庇《かば》って叫んだ。

「曲者《くせもの》だ。出会え、出会え」

「黙れ」

嘲笑を浮かべた幻十郎が、忍びの者の背後から現れた。

相沢は、土屋を庇って後退りした。

「呼んでも無駄だ。家来どもは眠っている」

「おのれ……」

相沢は白髪頭を震わせ、こめかみを引き攣《つ》らせた。

「土屋兵庫助、豊丸は何処にいる」

「し、知らぬ」

土屋は、恐怖に震えて叫んだ。

「爺い、お前はどうだ……」

幻十郎は、鋒先《ほこさき》を相沢に向けた。

「曲者に教える謂《いわ》れはない」

相沢は、怒りを浮かべて云い放った。

「老い先短い命、惜しくはないか……」

幻十郎は、残忍に笑いながら刀を抜いた。

「爺い、大切な主を殺されたくなければ、素直に教えるのだな」

幻十郎は、土屋に刀を突き付けた。刹那、覆面をした左近が天井板を破って現れ、幻十郎たちに襲い掛かった。幻十郎たちは思わず怯《ひる》み、庭先に退いた。左近は追って庭に跳んだ。

土屋は事の成り行きに戸惑い、激しく混乱した。

「殿、今の内に……」

相沢は土屋を促した。

「図書、誰だ。我らを助けに現れたのは誰なのだ」

土屋は喉を嗄《か》らした。

「おそらく陽炎の使いの出入吟味人」

「出入吟味人……」

土屋は眉をひそめた。

「それより早く……」

相沢は土屋を連れて逃げた。

篝火は炎を大きく揺らし、火の粉を散らせていた。そして、篝火の傍には、数人の家来たちが気を失って倒れていた。

篝火の煙に眠り薬の臭いが僅かに混じっている。おそらく、火の中に眠り薬を投げ込み、その煙で家来たちを眠らせたのだろう。

左近は、幻十郎と鋭く斬り結んだ。配下の忍びの者たちは、幻十郎と斬り合う左近に手裏剣を集中した。左近は、幻十郎の刀と殺到する手裏剣を相手に闘った。

左近の予感は当たった。

幻十郎は、己の企みが見破られて失った冷静さを辛うじて取り戻した。

豊丸がいない限り、土屋屋敷の襲撃に意味はない。

幻十郎は、配下の忍びの者たちに引き上げる合図を送った。そして、左近に焙烙《ほうろく》玉《だま》を投げ付けた。左近は、素早く背後に跳んで伏せた。焙烙玉は閃光を放って爆発し、煙を噴き上げた。左近は、噴き上がる煙を突破した。煙は渦を巻いて背後に散った。

次の瞬間、忍びの者が煙の中から左近に鋭く斬り付けてきた。

左近は、無明刀を横薙《よこな》ぎに一閃した。忍びの者は煙を血に染めて沈んだ。

左近はそのまま走り、煙の幕を抜けた。だが、幻十郎と配下の忍びの者たちはすでに消えていた。

左近は、屋敷内に忍びの者たちの気配を探り、僅かに乱れた息を整えた。

「出入吟味人どのだな……」

相沢のしわがれ声が左近を呼んだ。

左近は振り返った。

白髪頭の相沢が、厳しい面持ちで左近を見つめていた。

「私は土屋家用人相沢図書、出入吟味人どのの名は……」

「左近、日暮左近……」

左近は静かに告げた。

三

土屋屋敷は平静を取り戻した。

左近は、土屋屋敷内にある相沢の長屋の座敷に通された。

「危ないところをご助成戴き、お礼を申し上げる」

相沢は、左近に深々と頭を下げた。

「間に合って何よりでした」

左近は、相沢の老妻が出してくれた茶を飲んだ。

「して左近どの。何故、我らにご助成を……」

相沢は眉をひそめた。

「私は陽炎の手助けをしたまで……」

「陽炎どのを……」

「左様……」

「では、秩父忍びと……」

「関わりはあるそうです」

「あるそうですとは……」

相沢は戸惑った。

「私は記憶を失って覚えておりませんが、陽炎がそう申しております」

左近は、それ以上の質問を遮るように茶を飲み干した。

相沢は、敏感にそれを察知した。

「左近どの、豊丸さまと陽炎どのが隠れ潜んでいる場所、まだ教えては戴けぬか」

「豊丸は、その身の振り方が決まり次第、お連れすると陽炎は申しております。それまでは知らぬ方がよろしいでしょう」

左近は突き放した。

「左様か……」

相沢は肩を落とした。

「では、これにて……」

左近は無明刀を手にした。

「左近どの、おぬしと連絡を取りたい時は如何《いかが》致したらよろしいのですか」

「その時は、日本橋馬喰町の公事宿巴屋彦兵衛どのにお報せ下さい」

「公事宿巴屋にござるか」

相沢は戸惑いを浮かべた。

「私は、巴屋の出入訴訟の裏に潜む事件を探る吟味人です」

「成る程、それで出入吟味人ですか……」

相沢は、感心したように頷いた。

「ええ。ではご免……」

左近は微笑み、相沢の家を辞した。

駿河台錦小路は闇と静寂に覆《おお》われていた。

左近は、土屋屋敷の周囲に裏柳生の忍びの者の気配を探った。忍びの者の気配はなかった。左近は地を蹴り、夜の闇に跳んだ。

土屋屋敷に豊丸はいなかった……。

幻十郎は、裏をかかれた悔しさを懸命に忘れ、豊丸が隠れ潜んだ場所の割り出しを急いだ。

何れにしろ、豊丸は土屋家と関わりのあるところに潜んでいる……。

幻十郎はそう睨み、配下と土屋家縁の場所を数え上げた。

本所の別邸、三田《みた》の菩提寺《ぼだいじ》、親類筋の旗本家。そして、豊丸の生母の暮らす上野寛永寺の浄光院……。

裏柳生の忍びの者たちは、一斉にそれらのところに走った。そして、幻十郎は左近の正体に思いを馳《は》せた。

左近が忍びの者であり、恐ろしい程の使い手なのは嫌というほど思い知らされた。

やはり秩父忍びの生き残りなのか、それとも陽炎が雇った他流の忍びの者なのか……。

奴を倒さない限り、豊丸闇討ちは叶わない。豊丸闇討ちが叶わない限り、御三卿田安家は裏柳生を登用はしない。そして、裏柳生総帥の竜仙は、失敗した壱《いち》ノ組の頭・如月幻十郎を許すはずはない。それは、裏柳生の忍びの者としての死を意味した。

「おのれ……」

幻十郎は焦り、左近を激しく憎悪した。

雑司ヶ谷鬼子母神裏の雑木林に鳥の鳴き声が甲高く響いた。

燭台の小さな明かりは、豊丸のあどけない寝顔を照らしていた。

「裏柳生の者ども、土屋さまの屋敷を襲ったのか……」

陽炎は眉をひそめた。

「うむ。豊丸の闇討ちを狙っての仕業だ」

「それで左近、豊丸さまの田安家の養子に入る話、どうなっているのか分かるか」

陽炎は左近を見つめた。

「裏柳生が、上様御側衆の土屋の屋敷を襲うぐらいだ。田安宗頼は何としてでも家斉に抗うつもりだろう」

左近は教えた。

「おのれ、土屋さまは何をしているのだ……」

陽炎は苛立ちを浮かべた。

「陽炎、土屋に熱意は感じられぬ」

左近は、微かな哀れみを漂わせた。

「土屋さまは御側衆、上様の命令を違《たが》えるはずはない」

陽炎は怒りを滲ませた。怒りは、土屋に対してのものであり、己に言い聞かせるものでもあった。

左近は陽炎を見守った。

豊丸は、眠ったまま泣き出した。

「豊丸さま……」

陽炎は、豊丸を揺り動かして起こした。豊丸は眼を覚ました。

「陽炎……」

「豊丸さま……」

四歳の豊丸は、小さな手を伸ばして陽炎にしがみついた。陽炎は、啜り泣く豊丸を優しく抱き締めた。

「夢ですよ、夢。陽炎がいます。何も怖くはありませんよ」

陽炎は、啜り泣く豊丸に静かに言い聞かせ、子守唄を歌い始めた。豊丸は陽炎に抱かれ、安心したように眠りに就いた。

秩父忍びの生き残りの陽炎……。

権力者の父親に利用される幼い豊丸……。

二人は、狙われる者と護る者の立場を越えて結びついている……。

だが、家斉は二人の様子を知るはずがなければ、知ろうとも思っていないはずだ。

そして、豊丸に田安家を継がせ、徳川宗家を己の血筋だけで支配する企てにいつ飽きるかも分からないのだ。

家斉が飽きた時、豊丸と陽炎はどうなるのか……。

左近は思いを巡らせた。

陽炎は豊丸を抱き、小さな声で子守唄を歌い続けた。

運命に翻弄される二人……。

左近は、豊丸と陽炎に哀れみを覚えずにはいられなかった。


公事宿『巴屋』の朝は慌ただしかった。

房吉たち下代《げだい》は、公事訴訟の依頼人に付き添って月番の町奉行所に出掛け、『巴屋』は静けさを取り戻した。

左近は、裏の妾稼業の女の家の庭から『巴屋』に入った。彦兵衛は公事訴訟で恨みを買って命を狙われた時、真裏の家に暮らす妾に密かに出入りすることの許しを得た。以来、月々それなりの金を渡し、妾の家の庭伝いに密かに出入りをした。左近はそれを使って『巴屋』の庭に入った。

主の彦兵衛は、居間で茶を飲んでいた。

「彦兵衛どの……」

左近は庭先に佇んだ。

「こりゃあ左近さん」

彦兵衛は、湯呑茶碗を置いて左近を迎えた。

「ま、おあがりください」

彦兵衛は、左近に木挽町で陽炎に瓜二つの武家女を見掛け、旗本土屋家の一族の者だと教えた。

「で、如何でした」

彦兵衛は、左近に茶を淹《い》れて差し出した。

「陽炎でした」

「ほう。やはり……」

彦兵衛の顔に満々たる興味が過ぎった。

左近は、茶を飲みながら苦笑した。

「巻き込まれましたか……」

彦兵衛は笑みを浮かべた。

「陽炎の手助けをしているだけです」

左近は、彦兵衛に事の次第を話し始めた。

彦兵衛は、言葉を挟まず黙って聞き終え、深々と吐息を洩らした。

「上様と田安さまですか……」

「愚かな話です」

左近は怒りを滲ませた。

「所詮《しょせん》、人の暮らしに関わりのない方々の醜い争い……」

彦兵衛は、左近の怒りが理解出来た。

「哀れなのは道具にされている幼い豊丸です」

左近は告げた。

「で、陽炎さんの手助けですか」

「はい。それから土屋家用人の相沢図書が私を訪ねて来るかも知れません」

「分かりました。承《うけたまわ》っておきましょう」

彦兵衛は引き受けた。

「あら、左近さん、来ていたんですか」

おりんが居間にやって来た。

「やあ、おりんさん……」

「叔父さん、お酒、仕度しますか」

「如何です、左近さん」

彦兵衛は左近に尋ねた。

「酒は一件が落着した時に戴きます」

酒の匂いは毛穴や息からも漂い、気配を消す時の邪魔になる。左近は、厳しい面持ちで断った。

「そう……」

おりんは、淋しげに眉をひそめた。

彦兵衛は、左近が関わっている一件の厳しさを思い知らされた。

裏柳生の忍びの者たちは、頭である幻十郎の許に次々に戻って来ていた。

土屋家の本所の別邸、菩提寺、親類筋の屋敷。そして、豊丸の生母が暮らす寛永寺の浄光院の何処にも豊丸はいなかった。

「間違いないのだな」

幻十郎は、報告する配下の忍びの者に厳しく念を押した。

「はい……」

配下の忍びの者たちは頷いた。

何処だ。豊丸は何処に潜んでいるのだ……。

幻十郎は焦りを滲ませた。

「お頭、豊丸は秩父忍び縁の処にいるのではないでしょうか」

配下の佐平次《さへいじ》が遠慮がちに告げた。

「秩父忍び縁の処……」

幻十郎は眉をひそめた。

「はっ。豊丸の守役《もりやく》の秩父の女忍びも姿を消したままです。そして、我らの邪魔をする忍びも……」

「秩父忍びだと申すか……」

「はい。だとしたら豊丸は、秩父忍び縁の処に匿《かくま》われているものかと……」

「だが、江戸の何処に秩父忍び縁の処があるというのだ」

「それは……」

佐平次は言葉に詰まった。だが、睨みは間違っていないかもしれない。

今は、あり得ると思えるならばやってみるべきなのだ。

「よし。佐平次、急ぎ秩父忍びに関わる噂や評判を集め、江戸に縁の場所があるかどうか調べるのだ」

「心得ました」

佐平次は素早く立ち去った。

「残りの者どもは、引き続き土屋屋敷を見張り、豊丸の現れるのを待つのだ。行け」

忍びの者たちは音もなく散った。

「もし、奴が秩父忍びならば……」

幻十郎は、邪魔をし続ける左近に憎悪の炎を燃やした。

豊丸と陽炎をこのままにしておけない……。

愚かな争いから救い出すためには、一刻も早く決着をつけてやるしかない。

左近は九段坂《くだんざか》をあがった。

内堀の水面は、夕陽を浴びて妖しく煌めいていた。

左近は内堀の岸辺に佇み、田安御門の奥に見える御三卿田安家の屋敷の大屋根を眺めた。

田安家当主の宗頼が、将軍家斉に命じられるまま豊丸を養子にして家督を継がせれば事は終わる。だが、それは家斉を喜ばせはしても、田安家の者たちに恨みを遺すだけだ。

豊丸は、田安家の家督を継いだところで名ばかりの主でしかないのだ。それは、豊丸にとって決して幸せな事ではない。かといってこのまま、家斉の大勢の子の一人でいてどうなるのだ。

何れにしろ、豊丸の行く末に人としての幸せは少ない。

左近は夜を待った。


田安屋敷は夜の闇に包まれた。

左近は、屋敷の裏手から庭に忍び込んだ。

数人の家来が龕灯《がんどう》を手にし、屋敷の周囲を見廻っていた。

左近は、庭を駆け抜けて濡縁《ぬれえん》に跳んだ。そして、天井裏に忍んで梁《はり》を進んだ。暗く広い天井裏の所々に下から微かな明かりが差し込んでいる。天井板の僅かな隙間だった。左近は、明かりの洩れている隙間を覗いた。眼下に宿直《とのい》の家来たちが詰めている座敷が見えた。主の宗頼のいる御座の間は近い。

左近は進んだ。

静けさの中に男たちの話し声が聞こえた。

左近は声のする方に進み、天井板を僅かにずらして覗いた。上段の間に痩せた中年男がおり、黒い衣の老僧を相手に酒を飲んでいた。

上段の間にいる痩せた中年男は田安宗頼。

左近は見定め、気配を消して忍んだ。

黒い衣の老僧は何者なのか……。

左近から老僧の顔は見えなかった。

「家斉、まだ諦めぬのか……」

宗頼は、酒を嘗《な》めるように飲んだ。

「まさに愚か者の妄執……」

黒い衣の老僧は家斉を罵倒した。

「おのれ、田安の家を一ッ橋に乗っ取られてなるものか……」

宗頼は、酒に濡れた唇を苛立たしげに手の甲で拭った。

「御側衆の土屋兵庫助、家斉の命と我らの攻めに翻弄され、疲れ果てております。豊丸を見放すのは間もなくかと……」

黒い衣の老僧は、冷徹に読んでみせた。

「頼むぞ竜仙」

竜仙……。

黒い衣の老僧は、裏柳生の忍びの者の総師の竜仙なのだ。

左近は緊張した。

「はい。それに宗頼さま。気の多い家斉、我らが豊丸を始末する前に企てに飽き、手を引くやも知れませぬぞ」

竜仙は嘲笑《あざわら》った。刹那、竜仙は手にしていた盃を天井に投げつけた。盃は独楽《こま》のように回転し、天井板を切り裂いて天井裏に忍んだ左近に迫った。左近は、咄嗟に梁に伏せた。だが、盃は左近の右腕を薄く斬り裂き、屋根板に突き刺さった。同時に忍びの者たちが現れ、左近に襲い掛かった。

竜仙は、田安宗頼と己を餌にして左近を誘い、その隙を突いたのだ。

狭い天井裏での闘いは不利だ。

左近は、襲い掛かる忍びの者たちを蹴散らし、屋敷の大屋根に出た。

大屋根には忍びの者たちが待ち構えていた。

左近は、無明刀を抜こうとした。だが、無明刀を抜こうとした右腕に微かな痺《しび》れを感じた。

痺れ薬……。

左近は密かにうろたえた。

「痺れ薬は間もなく五体に広がる……」

竜仙が嘲りを含んだ声で告げ、忍びの者の背後から現れた。

左近は身構えようとした。だが、右腕は痺れて動きはしなかった。

忍びの者たちは左近を包囲した。

「秩父忍びの残党か……」

竜仙は、侮りを浮かべて囁くように尋ねた。

痺れが右腕から五体に広がる前に脱出しなければならない。

左近は焦った。

「豊丸の居所を知っているなら教えて貰おう」

竜仙は左近に迫った。

左近は後退りした。痺れは右腕から上半身に滲むように広がる。

「まあ良い。捕らえてゆっくり聞き出してくれる」

竜仙と忍びの者は、左近包囲の輪を縮めた。

左近は後退を続けた。

脚が痺れに萎《な》えた時、捕らえられる。

脱出しなければ……。

左近は、後退りをしながらよろめいた。

痺れは脚に及んだ。

竜仙は嘲笑った。そして、配下の忍びの者たちが左近に殺到した。一瞬早く、左近は瓦を蹴って夜空に高々と跳んだ。竜仙と忍びの者は虚を突かれた。左近は夜空で回転し、暗い内堀目掛けて飛び込んだ。水飛沫が夜目にも鮮やかに飛び散った。

「追え」

竜仙は微かに狼狽《ろうばい》した。

忍びの者たちは、弾かれたように左近を追った。

下手《へた》な芝居に乗せられた……。

竜仙は、左近を侮《あなど》った己を罵倒した。

忍びの者たちは、内堀の岸辺に左近を探した。だが、左近の姿はなく、月明かりの映える水面が揺れるばかりだった。

四

内堀の流れは、大手門から道三堀《どうさんぼり》を経て外濠に繋がっている。

左近は、痺れの及んでいない脚で必死に水を蹴って内堀に潜り、裏柳生の忍びの者たちの追跡を振り切った。そして、流木を身体に縛り付けて辛うじて息を継ぎながら流れに乗った。同時に痺れは五体に広がった。

左近は流れに身を任せた。痺れはすでに全身に及んでいる。外濠に出た左近は、懸命に頭を動かして舵《かじ》を取り、日本橋川に入った。

左近は流れた。

月は朧《おぼろ》に輝き、星は瞬いていた。

左近は、日本橋川から亀島川への流れに乗った。亀島川が江戸湊に流れ込む処に鉄砲洲波除稲荷があり、左近が暮らしている『巴屋』の寮がある。

左近は、痺れた身体で岸にあがる手立てを考え始めた。


秩父忍び……。

「間違いあるまいな」

幻十郎は、配下の忍び佐平次に念を押した。

「はい。忍びから足を洗い、江戸の巷《ちまた》に根付いている他流の者たちの間では、かなりの噂になっておりました」

闇の権力者である中野碩翁《なかのせきおう》を廃人に追い込み、老中水野忠成《みずのただあきら》の失脚などに、その秩父忍びは絡んでいる。

それは、江戸の市井に暮らす他流の抜け忍たちの間でまことしやかに囁かれている噂であった。

「秩父忍びの生き残り、やはり陽炎の他にもいたか……」

「はい」

佐平次は頷いた。

竜仙が云っていた、行方知れずの加納大介なのかもしれない。

「名は何と申す」

「日暮左近とか……」

「日暮左近……」

幻十郎は眉をひそめた。

「加納大介という名前ではないのだな」

「はい。日暮左近にございます」

「そうか日暮左近か……」

行方知れずの加納大介ではない。

得体の知れぬ秩父忍び……。

「して、その日暮左近、何処にいるのだ」

「日本橋馬喰町で見掛けたと申す者がいれば、鉄砲洲波除稲荷の境内にいたと申す者もおり、定かではございませぬ」

佐平次は眉をひそめた。

「佐平次、急ぎ馬喰町と鉄砲洲波除稲荷、調べて参れ」

「心得ました」

佐平次は身を翻《ひるがえ》し、幻十郎の前から消えた。

「日暮左近か……」

竜仙の声が座敷の御簾《みす》の内からした。

「お屋形さま……」

幻十郎は向き直った。

御簾があがり、竜仙が姿を見せた。

「幻十郎、昨夜、田安家に忍びの者を誘き寄せ、痺れ薬を見舞ったのだが、今一歩のところで逃げられてしまった」

竜仙は苦笑した。

「逃げられた……」

幻十郎は眉をひそめた。

「左様。流石《さすが》に我ら裏柳生の邪魔をする手練《てだれ》。痺れる身体で内堀に飛び込みおった」

「では、そのまま……」

「流れに乗って逃げ去ったわ」

「田安御門からの内堀の流れは……」

「うむ。配下の者どもが流れを辿《たど》り、探っておる」

「分かりました。後は引き受けました」

「うむ……」

竜仙は御簾を降ろした。


江戸湊の潮騒《しおさい》は途切れる事なく続き、左近を眠気に誘った。

五体の痺れは殆《ほとん》ど抜けた。

昨夜、左近は亀島川から鉄砲洲波除稲荷の棒杭に流れ着き、痺れた身体で必死に這い上がった。そして、波除稲荷裏の『巴屋』の寮に辿り着き、秩父忍びの毒消しを飲んで眠った。

潮の匂いに気付いた時、夜は明けていた。

五体の痺れは薄れ始めていた。だが、左近は蒲団に横になったまま時を過ごした。

痺れが完全に抜け切った時、すべての決着をつける。

左近はそう決めていた。

潮騒は寄せては返し、鷗《かもめ》の鳴き声が甲高く響いた。

佐平次たち忍びの者は、日本橋馬喰町一帯に裏柳生の邪魔をする日暮左近を探した。そして、日暮左近が公事宿『巴屋』に出入りしているのを知った。

「公事宿の巴屋か……」

佐平次は眉をひそめた。

「ああ……」

裏柳生の忍びの万蔵《まんぞう》は頷いた。

「日暮左近、今、その巴屋にいるのか……」

「いや。いる様子はない。それから佐平次、巴屋は鉄砲洲波除稲荷裏に寮があるそうだ」

鉄砲洲の波除稲荷……。

江戸の巷に根を下ろした他流の抜け忍たちの噂に出て来た場所だ。

「よし。万蔵、行ってみよう」

佐平次は万蔵を促し、鉄砲洲波除稲荷に急いだ。


幻十郎は、江戸の絵図を広げて田安御門からの内堀の流れを辿った。

内堀からの流れは外濠に出て日本橋川、築地川《つきじがわ》、汐留川《しおどめがわ》などに続いている。

幻十郎は、日本橋川から亀島川に入った先に聞き覚えのある地名があるのを知った。

鉄砲洲波除稲荷……。

巷に根付いた元忍びの者が、日暮左近を見掛けた場所の一つだ。

もし、日暮左近が内堀から逃げ切ったなら、行き先は流れに乗って行ける鉄砲洲波除稲荷かも知れない。

幻十郎は、配下の忍びの者を従えて鉄砲洲波除稲荷に向かった。


江戸湊は夕陽に赤く煌めき、鉄砲洲波除稲荷の境内には潮風が吹き抜けていた。

佐平次と万蔵は、公事宿『巴屋』の寮を突き止めた。

「どうする……」

万蔵は佐平次を窺った。

「寮にいる男が日暮左近かどうか、まだ分からぬ」

「忍んでみるか……」

「いや。下手に忍び、気づかれては拙《まず》い。お頭に報せてからだ」

「よし。ならば俺が報せる。佐平次、お前は見張りをな」

「心得た」

万蔵は、波除稲荷の境内を出て八丁堀に架かる稲荷橋を渡り、亀島川沿いの道を走り去った。

佐平次は、波除稲荷の裏にある『巴屋』の寮に戻り、見張りを始めた。


何者かが見つめている……。

左近の研ぎ澄まされた感覚は、見張っている者の気配を感じた。

裏柳生の忍びの者……。

決着をつける潮時は、黙っていてもやって来た。

左近は、痺れが五体から完全に抜けたのを確かめ、身支度を整えた。そして、燭台に明かりを灯した。明かりは薄暗い居間を照らした。

奥の座敷は薄暗いままだった。

左近は、無明刀を腰に差して押入れに入り、天井板を外して天井裏にあがった。


佐平次は、明かりの灯された『巴屋』の寮を見つめていた。

明かりが灯されたのは、中にいる者が出掛けない証《あかし》だ。

佐平次は、『巴屋』の寮を見張り続けた。

左近は、『巴屋』の寮の屋根にあがり、路地から見張る佐平次の姿を捉えた。

裏柳生の忍び……。

左近は、他に見張っている忍びの者がいないか、周囲を見廻した。他に見張っている者はいない。だが、見張りがいる限り、何らかの企てが潜んでいる。

先手を打つ……。

左近は寮の屋根から降り、見張っている佐平次の背後に廻った。


日本橋川が外濠と交わる処に一石橋が架かっている。

万蔵は一石橋で幻十郎たちと出逢い、波除稲荷裏にある『巴屋』の寮に日暮左近らしき男がいるのを伝えた。

「その奴、日暮左近に相違あるまい」

幻十郎は断言した。

「やはり……」

万蔵は喉を鳴らした。

「よし。他の者どもに鉄砲洲波除稲荷の境内に急げと伝えろ」

幻十郎は、従えていた配下に繋ぎを命じ、万蔵と鉄砲洲に急いだ。

潮風が揺れた。

左近は、素早く気配を消した。

幻十郎と万蔵が、寮を見張っている佐平次の許に現れた。

「お頭……」

「左近は……」

「巴屋の寮には明かりが灯ったままです。おそらく中に……」

佐平次は、明かりの洩れている『巴屋』の寮を示した。

「果たしてそうかな……」

「お頭」

佐平次は眉をひそめた。

「行くぞ」

幻十郎は、佐平次と万蔵を従えて『巴屋』の寮に忍び寄った。

左近は身を翻した。

鉄砲洲波除稲荷は夜の闇に包まれていた。

裏柳生の忍びの者たちは、境内に次々と集まって来ていた。

境内の闇が僅かに揺れた。

裏柳生の忍びの者たちは、怪訝に眉をひそめた。

揺れた闇は渦を巻き、忍びの者たちに向かった。

忍びの者たちは、渦を巻く闇に手裏剣を放った。手裏剣は潮風を切り裂き、渦を巻いた闇に集中された。

渦を巻いた闇から左近が忍びの者たちの頭上高く跳んだ。

忍びの者たちは、左近を見上げて思わず怯んだ。

左近は、忍びの者たちの上に頭から落下した。そして、忍びの者たちと激突する寸前、無明刀に妖しい瞬きを与えた。

数人の忍びの者たちが、利き腕の筋を斬られて倒れた。逆さまになった左近の身体は大きく振られ、忍びの者たちの頭上を飛んだ。その足首には黒い鉤縄《かぎなわ》が結ばれていた。

左近は、夜空に跳んだ時に黒い鉤縄を立ち木の梢高くに放ち、落下しながら忍びの者を襲い、己の身体を大きく振ったのだ。

忍びの者たちは左近を追った。

左近は、大きく飛んで拝殿の前に降り立った。忍びの者たちが殺到した。左近は無明刀を構え、忍びの者たちに走った。

波除稲荷の境内には、殺気が渦巻いて激突した。


『巴屋』の寮の中には、燭台の明かりが灯っているだけで人気はなかった。

佐平次は、明かりを頼った己を恥じた。

「お頭……」

万蔵は、幻十郎の指示を待った。

「おそらく、佐平次の見張りに気が付き、逆に……」

その時、幻十郎は激しい殺気と血の臭いを感じた。

しまった……。

幻十郎は身を翻した。佐平次と万蔵が続いた。

波除稲荷の境内には血の臭いが漂っていた。

幻十郎たちは、物陰に潜んで境内の闇を透かし見た。

裏柳生の忍びの者たちが倒れ、声を洩らさず蠢《うごめ》いていた。左近は、忍びの者たちに致命傷を与えることなく、利き腕や脚、そして手の指などを斬って戦闘能力を奪い取っただけだった。

「佐平次、万蔵、左近を探せ」

佐平次と万蔵は境内の闇に散った。

「おのれ……」

幻十郎の怒りは、激しい殺気となって放たれた。刹那、幻十郎は背後に人の気配を覚え、大きく闇に飛び退いた。

左近が現れた。

「日暮左近か……」

幻十郎は左近と対峙した。

「左様、お主は……」

「裏柳生如月幻十郎……」

忍びらしからぬ、堂々とした名乗りをあげて、幻十郎が身構えた時、左近の左右から佐平次と万蔵が襲い掛かった。

左近は無明刀を抜き、佐平次と万蔵の忍び刀を打ち払った。

佐平次と万蔵は交錯しながら反転し、左近に鋭く斬り付けた。左近は躱した。だが、佐平次と万蔵の息が合った攻撃は、左近を次第に追い詰めていった。

最早、容赦をしている暇はない……。

左近は、斬り付けた万蔵に踏み込み、その腕を取って投げを打った。万蔵は大きく弧を描いて倒れた。左近は、万蔵の太股に躊躇《ためら》いなく無明刀を突き差した。万蔵は、全身を仰け反らせた。佐平次は、猛然と左近に斬り付けた。左近の無明刀は、佐平次の忍び刀を両断した。刹那、佐平次は、左近に抱き付いて動きを封じた。

「お頭……」

佐平次は、己も死ぬ覚悟で左近の動きを封じたのだ。

「佐平次……」

「お頭、早く……」

佐平次は、自分もろとも左近を斬れと叫んだ。幻十郎は、刀を構えて左近と佐平次に走った。左近は、佐平次に抱きつかれたまま倒れ込んだ。佐平次は、左近に不意を突かれて動揺した。動揺は隙を生んだ。左近は佐平次を蹴り飛ばし、大きく飛び退いた。同時に、幻十郎の忍び刀が佐平次の背を貫いた。佐平次は、仰け反って凍《い》てついた。

幻十郎は微かに狼狽した。
佐平次は己から倒れ込み、背中を貫いた幻十郎の忍び刀を抜いた。
「佐平次……」
「お、お頭……」
佐平次は絶命した。
「おのれ、日暮左近……」
幻十郎は、憎悪をむき出しにして左近に対峙した。
左近は、無明刀を頭上高く構え、全身に隙を露わにした。
天衣無縫《てんいむほう》の構えだった。
幻十郎はいきり立ち、闇を巻いて左近に突進した。
左近は躱す様子も見せず、微動だにしなかった。
幻十郎は、左近との間合いを詰めて見切りの内に踏み込み、忍び刀を閃《ひらめ》かせた。
剣は瞬速……。
左近は、無明刀を真っ向から斬り降ろした。
無明刀は、輝きとなって幻十郎を斬り裂いた。
無明斬刃……。

左近は残心の構えを取った。

幻十郎は、額から一筋の血を流して絶命した。

左近は、残心の構えを解いた。

江戸湊の潮騒と潮風が、堰《せ》き止められていたかのように押し寄せて来た。

左近と裏柳生の忍びの暗闘は終わった。だが、将軍家斉が、庶子豊丸に御三卿田安家の家督を継がせる企てが終わった訳ではない。豊丸を抹殺するため、田安家に雇われた裏柳生の忍びが壊滅的な打撃を受けただけなのだ。豊丸の流離いは続くのかも知れない。しかし、これで豊丸と陽炎は、雑司ヶ谷鬼子母神裏の小屋から土屋屋敷に戻る事が出来る。

明日、夜が明けたら陽炎と豊丸を迎えに行く……。

左近はそう決め、波除稲荷の境内を後にした。

月は蒼白く、冷たい輝きを放っていた。

第四話　活殺剣

一

駿河台錦小路は長閑《のどか》な昼下がりを迎えていた。

陽炎と豊丸は、上様御側衆の土屋兵庫助の屋敷に戻った。

左近は、密かに土屋家用人相沢図書を訪れて事の顚末《てんまつ》を告げた。

「ならば裏柳生の忍びの者ども、しばらくは立ち直れませんな」

相沢は、安堵《あんど》の吐息を洩らした。

「おそらく……」

左近は頷いた。

「それにしても左近どの。裏柳生との闘いの何もかも、お一人で……」

相沢は、左近に疑いの眼差しを向けた。

「はい……」

左近は事も無げに頷いた。

「そうですか……」

相沢は、呆れたように感心した。

左近は苦笑した。

「ま、何はともあれ、豊丸さまをご無事にお連れくださり、かたじけのうござった」

相沢は、左近に深々と白髪頭を下げた。

「それで相沢どの。豊丸の田安家養子は如何《いかが》なりそうですか」

「それなのですが、田安宗頼さま、病の床に就いたまま何のお返事もなく。我が殿も苦慮されておりましてな」

相沢は白髪眉をひそめた。

「ならば上様は……」

「相変わらず、豊丸さまに田安家の家督を継がせるとの仰せ」

「何としてでも田安家を手中に収める気ですか……」

「左様。果たしてそれが豊丸さまにとり、良い事なのかどうか……」

相沢は吐息を洩らした。

「無理矢理に家督を継いだところで、田安家家中の者ども、黙って受け入れるかどうかは分かりません」

左近は厳しさを滲《にじ》ませた。

「左近どの……」

「豊丸にとって何が一番良いのか……」

左近の顔に哀れみが過《よ》ぎった。


豊丸は、四歳の幼子らしく玩具遊びに夢中だった。

左近は、陽炎に帰ると告げた。

「そうか、帰るか……」

陽炎の顔に不安が過ぎった。

「大丈夫か、陽炎」

左近は心配した。

「案ずるな左近。私は大丈夫に決まっている」

陽炎は浮かんだ不安を慌てて隠し、怒ったように云い放った。

「そうか……」

陽炎は強がっている……。

左近は、陽炎にいじらしさを感じた。

裏柳生は、忍びの者の頭の如月幻十郎とかなりの人数の配下を失った。だが、総《そう》帥《すい》の竜仙は健在だ。竜仙自身は老体であっても、どのような手駒を抱えているかは分からない。

「陽炎、まだまだ油断は出来ぬ。決して警戒を怠るな」

「云われるまでもない」

陽炎は、左近を睨《にら》み付けた。

左近は苦笑し、土屋屋敷を後にした。


日本橋馬喰町の往来は行き交う人で賑わっていた。

左近は、公事宿『巴屋』のある通りに入り、辺りを鋭く見廻した。『巴屋』を見張る者はいなく、婆やのお春が近所の者と立ち話をしているのが見えた。左近は、『巴屋』に向かった。お春は左近に気が付いた。

「あら、来たのかい。じゃあ、また後で」

お春は立ち話をしていた近所の者に別れを告げ、左近と一緒に『巴屋』の暖簾《のれん》を潜った。

『巴屋』の居間には下代《げだい》の房吉がいた。

「お久し振りですね」

房吉は笑顔で左近を迎えた。

「ええ。公事訴訟、終わったのですか」

「お蔭さまで……」

房吉は、扱っていた公事訴訟を終えたばかりだった。

「ご苦労さまでした」

「いいえ。それより左近さんもいろいろお忙しいようで……」

「彦兵衛どのに聞きましたか」

左近は苦笑した。

「はい。良かったら手伝いましょうか」

房吉は腕利きの下代であり、彦兵衛の信頼も厚く、今までに左近と一緒に危ない橋も渡って来ていた。

「いいのですか……」

「そりゃあもう……」

房吉は笑った。

「やあ。おいでなさい」

依頼人の相手をしていた彦兵衛が、居間に入って来た。そして、おりんとお春が酒と肴《さかな》を持って来た。

左近は、久々に彦兵衛たちと酒を酌《く》み交わした。差し込む西日は、左近たちの影を長く伸ばした。

燭台《しょくだい》の炎は仄《ほの》かに辺りを照らしていた。

裏柳生の総帥・竜仙は、燭台の炎を揺らしもせず上段の間に現れた。

忍びの万蔵は、左近に刀を突き刺された脚を投げ出して平伏していた。

「その方が万蔵か……」

「ははっ。見苦しき姿、お許し下さい」

万蔵は詫びた。

「構わぬ。それより幻十郎の最期、聞かせて貰おう」

竜仙は万蔵を促した。

「はっ……」

万蔵は、幻十郎たちと左近の激闘の顚末をありのままに語った。

竜仙は眼を瞑《つぶ》り、言葉を挟まずに万蔵の話を聞き終えた。

「日暮左近、恐るべき手練《てだれ》……」

竜仙は唸った。

「その体術と剣の速さ、比べるものもございませぬ」

万蔵は、悔しげに眉をひそめた。

「おのれ……」

竜仙は、その眼に蒼白い怒りの炎を燃やした。

「それで万蔵。今、日暮左近は何処《どこ》にいるのか押さえているのか」

「いえ。申し訳ございませぬ」

万蔵は平伏した。

「突き止める手立て、あるのか」

「はっ。日暮左近、日本橋馬喰町の公事宿巴屋に出入りし、昨夜は巴屋の波除稲荷裏の寮におりました」

「そうか……」

公事宿『巴屋』、波除稲荷裏の寮、錦小路の土屋兵庫助の屋敷。そして、豊丸の隠れ潜む場所……。

日暮左近は、それらの何処かにいる。

「良く分かった。下がって傷の養生に励むがよい」

「かたじけのう存じます」

万蔵は平伏した。

部屋の隅から若い坊主が現れ、脚の不自由な万蔵を助け起こした。万蔵は竜仙の前から去った。

裏柳生の名に懸けて豊丸を葬《ほうむ》り、左近を抹殺しなければならない。さもなければ、裏柳生そのものが滅び去ってしまう。竜仙は、田安宗頼の癇《かん》の強い横顔を思い出した。

とにかく豊丸を一刻も早く葬り、左近を倒すのだ。

幻十郎たちを撃退した今、豊丸と陽炎は土屋屋敷に戻る……。

「弐《に》ノ組の頭の京之介《きょうのすけ》を呼べ」

「ははっ」

部屋の隅に控えていた坊主が、竜仙に一礼して消えた。

竜仙は、微かな嘲笑を浮かべた。

燭台の炎は蒼白く瞬いた。


上様御側衆土屋兵庫助は、供侍を従えて登城した。

用人の相沢図書は主《あるじ》を見送り、表長屋門を閉めさせた。

豊丸と陽炎のいる奥御殿の離れは、家来たちによって厳重に警護されていた。だが、如何《いか》に厳重な警護をしたところで、裏柳生の手は何処から伸びるか分かりはしない。

その時はその時、豊丸の運のなさを嘆くしかない……。

相沢は覚悟を決めていた。

運のなさは、豊丸だけではない。上様の命を遂行出来なかった土屋兵庫助も同じなのだ。

もし豊丸が殺害されれば、守役《もりやく》として就けられている土屋兵庫助は上様御側衆を罷免《ひめん》され、責めを取って土屋家断絶の上に切腹を命じられるかも知れない。

相沢図書は怯えも昂りも感じず、淡々と事の成り行きに思いを馳《は》せた。

土屋兵庫助は、田安宗頼に面会を求め続けている。だが、宗頼は病と称して土屋と逢おうとしなかった。仮に逢ったとしても、豊丸を田安家の養子に迎え入れるとは限らない。

将軍家斉は、御三卿の身分を盾に己の命令に従わぬ田安宗頼に怒りを燃やし、苛立ちを土屋兵庫助にぶつけた。土屋兵庫助は憔悴《しょうすい》し、子供の頃から仕えてくれている相沢図書に愚痴《ぐち》を零《こぼ》した。相沢図書は、白髪頭を下げて兵庫助の愚痴を聞き続けていた。

事態から脱け出す手立ては、最早只《ただ》一つしかない。それは、家斉が豊丸を田安家の養子にするのを諦める事だ。

上様が諦めてくれれば……。

相沢は、縋《すが》る思いで願った。

北の丸の内堀には田安屋敷が映えていた。

左近は岸辺に佇《たたず》み、内堀の向こうに建っている田安屋敷を見上げていた。そして、その奥に建つ本丸を見つめた。

本丸には、騒動の元凶といえる十一代将軍家斉がいる。

家斉が、田安家に己の血筋を入れようとさえしなければ、豊丸は命を狙われる事もなく、田安宗頼と土屋兵庫助が対立する必要もなく、左近と裏柳生の忍びの者たちが殺し合いをせずに済むのだ。

家斉さえいなければ……。

左近は、家斉に憎しみを感じた。

今からでも遅くはない……。

左近は、家斉のいる本丸を睨み付けた。

風が吹き抜け、内堀の水面に小波《さざなみ》が走った。

日本橋馬喰町の公事宿『巴屋』は、彦兵衛と清次たち下代が忙しく仕事をしていた。

房吉は、『巴屋』の二階の部屋の窓辺に寄り、往来と向かい側の家並みを見廻していた。

裏柳生の忍びの者は、左近を探して『巴屋』に必ず現れる。

見張りの忍びの者を突き止め、『巴屋』に危害を加えるのを食い止める……。

それが左近に頼まれた仕事だ。

房吉は、往来や向かい側の家並みに『巴屋』を窺う者がいないか見張った。往来には人が行き交い、行商人が店を広げ、暇な者たちが立ち話に花を咲かせている。

今のところ、不審な者はいない……。

房吉は警戒をし続けた。

遊び人風の男が『巴屋』を一瞥《いちべつ》し、斜向《はすむ》かいの蕎麦屋《そばや》に入った。そして、窓辺の席に座って『巴屋』を窺った。

見張りがやって来やがった……。

房吉は二階から降り、彦兵衛やおりんたちの許に行った。

「左近さんの云っていた見張り、現れたかい」

彦兵衛は、房吉の顔色を読んだ。

「はい。斜向かいの松月庵《しょうげつあん》から見張っています。旦那もおりんさんも気を付けて下さい」

房吉は、緊張した面持ちで告げた。

「ああ。それでお前はどうするんだ」

彦兵衛は眉をひそめた。

「じっくりと面を拝んでやろうと思いましてね」

房吉は笑みを浮かべた。

「房吉、相手は忍びの者だ。左近さんに頼まれた以上の事はするんじゃないよ」

左近は、忍びの者を相手の尾行を禁じていた。

如何に房吉が腕利きでも、忍びの者を相手にするのは無理だ。彦兵衛はそれを心配し、釘を差したのだ。

「心得ていますよ」

房吉は苦笑し、裏口から出て行った。

「じゃあ私、表の掃除をして来ますよ」

おりんは店先に向かった。


おりんは、店の表を掃除しながら斜向かいの蕎麦屋『松月庵』を窺った。『松月庵』の窓辺で酒を啜《すす》りながら『巴屋』を窺っている若い男が見えた。

裏柳生の忍びの者……。

おりんは、若い男の顔を記憶に焼き付けて辺りを見廻した。何処に行ったのか、房吉の姿は見えなかった。

房吉は、おりんが掃除を始める前に蕎麦屋『松月庵』に入っていた。

「久し振りだな」

蕎麦屋の亭主は、房吉に親しげな声を掛けた。

「ああ。ようやく出入りに一区切りついてね」

「巴屋、暇なのかい」

亭主は、房吉に茶を出した。

窓辺にいた若い男が、亭主の言葉に反応して霰《あられ》蕎麦を食べる手を止めた。

「ああ。清次もごろごろしているし、左近の旦那も何処かに出掛けっ放しだよ。盛り蕎麦二枚頼むよ」

房吉は、『巴屋』に左近がいない事を匂わせた。

窓辺にいた若い男は、蕎麦汁を啜りながら房吉を一瞥した。房吉はそ知らぬ顔で、若い男の動きを待った。

「親父。霰蕎麦、美味《うま》かったぜ」

「へい、二十四文で……」

若い男は、蕎麦代の二十四文を置いて『松月庵』を出て行った。

上手《うま》くいった……。

房吉は、小さな吐息を洩らして立ち上がった。

蕎麦屋『松月庵』を出た若い男は、浜町河岸に向かった。

房吉は、充分な距離を取って若い男を追った。


浜町堀には荷船が行き交っていた。

若い男は、浜町河岸を江戸湊に急いだ。房吉は慎重に尾行した。

「房吉さん……」

横手から呼ぶ声がし、房吉は振り向いた。

左近がやって来た。

「左近さん……」

「何処に行くんです」

「あの、先に行く派手な半纏《はんてん》を着た野郎、巴屋を見張っていましたぜ」

左近は眉をひそめ、先を行く若い男の後ろ姿を見つめた。

「後を尾行《つけ》るのは危ないと云ったはずですよ」

「これだけ間を開けているんです。いざとなると逃げますよ」

房吉は笑った。

「じゃあ、一緒に尾行ましょう」

左近は、房吉と一緒に若い男を追った。

浜町堀を渡った若い男は、葦町《よしちょう》から照降町を抜けて日本橋川沿いを箱崎に急いだ。

左近と房吉は、慎重に尾行した。

「左近さん、野郎の行き先、まさか……」

房吉は眉をひそめた。

「ええ。ひょっとしたら波除稲荷の寮に行くのかもしれません」

左近は苦笑した。

「野郎は左近さんを探しています。きっとそうでしょう」

房吉は睨んだ。

若い男は、亀島川に架かる箱崎橋を渡った。そして、日本橋川に架かる湊橋《みなとばし》を渡って霊岸島に入った。

「間違いなさそうですね」

房吉は笑った。

「ええ……」

若い男は、霊岸島を南に進み、亀島川沿いの道に出た。行く手に鉄砲洲波除稲荷が見えた。若い男は、亀島川に架かる高橋を渡り、続いて八丁堀に架かる稲荷橋を渡った。そこは、波除稲荷だった。

若い男は、左近と房吉の睨み通り『巴屋』の寮にやって来た。左近と房吉は、若い男を見守った。若い男は、『巴屋』の寮を窺った。

「さあて、どうします」

房吉は、楽しげな笑みを浮かべた。

「訊きたい事があります。日が暮れたら捕らえましょう」

左近は事も無げに言い放った。

「日暮れまで後半刻（一時間）ぐらいですか……」

「ええ。奴は私が引き付けます。房吉さんは稲荷橋の船着場に舟を仕度して下さい」

左近は房吉に頼み、『巴屋』の寮の裏手に向かった。

日差しは西に傾き、八丁堀を染め始めた。

公事宿『巴屋』の寮に人の気配はなかった。

若い男は寮の裏手に廻り、勝手口の戸の隙間に忍び道具の錠前外しを差し込んで廻した。

勝手口の錠前が外され、戸が開いた。若い男は素早く忍び込んだ。

寮は雨戸が閉められ、薄暗くて静かだった。

若い男は、台所から奥に進んだ。

寮は台所の他に八畳二間と納戸、そして風呂があった。八畳の部屋は、一間が居間であり、もう一間が寝間として使われていた。若い男は、雨戸の隙間や欄間《らんま》から差し込む斜光を頼りに居間を調べた。居間には生活感のあるものは少なく、左近の存在を示す物は何一つなかった。それは、いつ姿を消す事になっても、痕跡を残さない忍びの者の証《あかし》でもあった。若い男は、左近が恐ろしい程の使い手なのを思い出し、背筋に走る悪寒を感じた。次の瞬間、寝間にしている八畳の間の押入れの襖《ふすま》が開き、左近が跳び掛かって来た。若い男は不意を突かれ、躱《かわ》したり応戦する間はなかった。左近は、若い男の首筋に手刀を鋭く打ち込んだ。若い男は、気を失って膝から崩れ落ちた。

左近は、寮の裏手から抜け道を辿《たど》り、座敷の押入れに忍び込んだのだ。

左近は、若い男の着物を脱がして下帯一本にした。

若い男は、着物の下に鎖帷子《くさりかたびら》を着込み、手裏剣《しゅりけん》などの忍び道具を隠し持っていた。左近は、若い男から鎖帷子や忍び道具を取り上げ、腕の関節を外して縛り上げた。若い男は、気を失ったままだった。

閉められた雨戸から差し込む斜光は、赤くなっていた。

間もなく日が暮れる……。

左近は、縛り上げた若い男を抜け道のある押入れに連れ込んだ。

二

日が暮れ、打ち寄せる波は月明かりに白く輝いた。

左近は、房吉が稲荷橋の下に用意した舟に縛り上げた若い男を乗せた。

房吉は、左近と若い男の乗った舟を江戸湊に漕ぎ出した。

江戸湊の向こうには、石川島《いしかわじま》と佃島《つくだじま》の明かり揺れていた。

縛られた若い男は、恐怖に眼を見開いていた。

「竜仙は何処にいる」

左近は静かに尋ねた。

若い男は恐怖に耐え、必死に沈黙を守った。

「口を割らねば、魚の餌になって貰う」

左近は微笑《ほほえ》み掛けた。不気味なほどに邪気のない、優しい眼差しだった。

下帯一本の若い男は、全身に鳥肌が立つのを感じた。

殺されて海に棄てられる……。

舟を揺らす波は、若い男の恐怖を大きく膨らませた。

「どうしても云いたくないのなら、これまでだ」

左近は、縛り上げた若い男を引きずり起こした。縄の下で外された腕の関節が軋《きし》み、若い男は悲鳴をあげた。だが、悲鳴は寄せては返す波に飲み込まれ、虚しく響いた。

左近は、いきなり縛り上げた若い男を海に投げ込んだ。

若い男は、悲鳴をあげて海に沈んだ。海水が容赦なく口や鼻から浸入した。若い男は縛られたまま足を動かし、必死に浮き上がろうとした。だが、腕が使えない以上、溺れ死にからは逃れられはしない。

死ぬ……。

若い男は絶望に包まれた。

左近は、海に沈んでもがく若い男を静かに見つめていた。その眼に感情は窺えず、冷徹さだけが溢《あふ》れていた。

凄絶な責めだった。

房吉は、左近に秘められた恐ろしさを久し振りに目の当たりにし、思わず身震いをした。

左近は、若い男を縛り上げた縄を引いた。

若い男は、ぐったりとした状態で引き上げられ、飲み込んだ海水にむせ返って苦しく咳き込んだ。

「竜仙の居所を吐くまで、何度でも海に入って貰う」

左近は、若い男の様子を見定めながら告げた。

「牛天神《うしてんじん》だ。小石川《こいしかわ》牛天神裏の竜源寺だ……」

若い男は、咳き込みながら途切れ途切れに吐いた。

「嘘偽りではあるまいな」

左近は念を押した。

「本当だ……」

若い男は、涎《よだれ》と鼻水と涙にまみれて左近に縋る眼差しを向けた。

嘘偽りはない……。

左近の勘が囁《ささや》いた。

小石川牛天神裏の竜源寺……。

左近は、房吉に戻るように合図した。房吉は舟の舳先《へさき》を鉄砲洲波除稲荷に向けた。


町は寝静まっている。

小石川牛天神裏の竜源寺……。

左近は、忍び装束で身を固めて夜の町を疾走した。

裏柳生の総師・竜仙と決着をつけ、豊丸の件から手を引かせる。

今、左近が陽炎のためにしてやれる事はそれしかない。

左近は、八丁堀、日本橋、神田を抜けて神田川に出た。そして神田川沿いを小石川に急いだ。切り裂かれた闇は、渦を巻いて背後に飛び去った。

小石川牛天神裏の竜源寺の屋根は、月明かりを浴びて蒼白く輝いていた。

左近は、竜源寺の山門の前に忍んで境内《けいだい》を窺った。

竜源寺には結界が張られ、屋根や境内に裏柳生の忍びが潜んでいる。

若い男の言葉に間違いはなかった。裏柳生の総師・竜仙は、竜源寺の住職として奥深くに潜んでいるのだ。

　左近は、竜源寺に潜入する手立てに思いを巡らせた。


　竜源寺の奥の部屋には、燭台の小さな明かりが灯されていた。

　黒衣の竜仙が、上段の間の暗がりに現れた。

「良く来た。立花《たちばな》京之介……」

　竜仙は、下段の間の闇に向かって呼び掛けた。

「はい……」

　髷《まげ》を長く垂らした若い男が、下段の間の暗がりに現れて平伏した。

「面をあげい……」

　立花京之介と呼ばれた若い男は、ゆっくりと顔をあげて竜仙を見つめた。その顔は女のように優しいものだった。

「お屋形さま、お久しゅうございます」

　京之介は微笑んだ。微笑みは、艶然とした美しさを漂わせていた。

「うむ。来て貰ったのは他でもない。日暮左近なる秩父忍びを葬れ」

　竜仙は命じた。

「秩父忍びの日暮左近……」

京之介は、美しい眉を怪訝《けげん》にひそめた。

「左様。如月幻十郎を殺し、壱ノ組を叩き潰した手練」

「手練にございますか」

京之介は、濡れた眼に嬉しげな笑みを浮かべた。

「左様……」

竜仙は頷いた。

次の瞬間、竜仙と京之介は殺気を感じた。

「成る程、日暮左近、かなりの手練にございますな」

京之介は、殺気の主が日暮左近と読んで艶然《えんぜん》と笑った。

燭台の小さな明かりが揺れた。


左近は、境内に潜んでいた裏柳生の忍びの者を蹴散らし、竜源寺の屋根に跳んだ。

屋根の上にいた裏柳生の忍びの者が、忍び刀を振りかざして左近に殺到した。左近は、夜空に高々と跳んで躱し、無明刀を抜いて竜源寺の屋根に落下した。降りると同時に、左近は無明刀を屋根瓦《やねがわら》に突き立てた。瓦が割れて砕け散り、屋根板がむき出しになった。左近は屋根板を蹴り破り、一気に竜源寺の天井裏に飛び込んだ。そして、太い梁《はり》を伝って奥に走った。次の瞬間、左近は柱の陰に身を潜めた。手裏剣が音もなく飛来し、柱に次々と突き刺さった。艶然と微笑む京之介の顔が、行く手の暗がりに浮かんだ。

女忍び……。

左近は京之介を女忍びだと誤解し、飛来する手裏剣を躱して迫った。

「竜仙は何処にいる」

左近は京之介を捕らえ、竜仙の居場所を聞き出そうとした。刹那、京之介は左近の懐に飛び込んだ。左近は戸惑い、凝然と立ち尽くした。京之介は、左近に苦無《くない》を突きつけて艶然と笑った。

「日暮左近、侮《あなど》りは墓穴を掘る」

京之介は、艶然とした美しさに似合わない声を出した。

男……。

左近は、女忍びと即断した己を恥じた。

「刀を棄てて貰おう」

京之介は命じた。

刹那、左近は梁の上から天井板の上に降りた。天井板は音を立てて破れ、左近は下の座敷に落下した。京之介は苦笑して跳んだ。

暗い座敷に降りた左近は、素早く次の間の襖を開けた。次の間には暗闇が溢れているだけで人影はなかった。左近は竜仙を探し、次々と襖を開けて奥に走った。そして、次の間の襖を開けた瞬間、忍びの者たちが構えていた弩《いしゆみ》を放った。左近は、咄嗟《とっさ》に畳をあげて盾にした。弩の矢は、鈍い音を立てて畳に突き刺さった。

左近は、矢の突き刺さった畳を忍びの者たちに投げ付けて廊下に出た。

長く狭い廊下の奥に京之介がいた。

「お屋形さまに逢いたければ、ここまで来るが良い」

京之介は、艶然とした微笑みを浮かべて左近を招いた。

左近は京之介を見つめた。

京之介の濡れた眼が妖しく輝いた。

左近は、京之介の妖しく輝く眼に吸い込まれるように長く狭い廊下に踏み出した。

危険だ……。

刹那、左近の直感が囁いた。

長く狭い廊下には、どんな仕掛けがしてあるか分からない。だが、左近の意識がそう思っても、身体は直感の囁きを無視して京之介に向かって動いた。

催眠の術……。

左近は、京之介の忍びとしての能力を知った。次の瞬間、長く狭い廊下の壁から素槍が突き出され、左近の左肩に突き刺さった。

左近は、反射的に素槍の穂先と柄を繋ぐ胴金《どうがね》を握り締めた。激痛が走り、左近は凍《い》てついた。血が腕を伝い、指先から滴《したた》り落ちた。

京之介は、引き攣《つ》った声で甲高く笑った。

左近は、面白げに笑う京之介を見つめた。

京之介の艶然とした微笑みは、醜く驕慢《きょうまん》な高笑いに変わっていた。

これが京之介の正体なのだ……。

左近は、笑う京之介を見つめた。

京之介は笑いながら刀を抜き、長く狭い廊下を滑るように左近に近寄ってきた。そして、凍てつき血を滴らせている左近に止めを刺そうと鋭く斬り掛かった。一瞬早く、左近の無明刀が閃《ひらめ》いた。

京之介の胸から血飛沫《ちしぶき》が飛んだ。

左近は素槍の胴金を斬り、左肩に突き刺さった素槍の穂先を抜き棄てた。

「な、何故……」

京之介は、呆然と左近を見つめた。

「血がお前の催眠の術から醒ましてくれた」

左近は、左肩から血を滴らせて告げた。

「血……」

京之介は戸惑った。

左近の指の先から滴り落ちた血は、廊下の床で弾け散った。

「己の術に酔い痴れてはならぬ」

左近は京之介を哀れんだ。

「おのれ……」

京之介は、美しい顔を悔しさに醜く歪《ゆが》めて仰向けに倒れた。同時に左右の壁から無数の素槍が飛び出した。

左近は、素槍に刺された左肩の傷の血止めをし、飛び出した素槍を躱しながら長く狭い廊下を進んだ。そして、突き当たりの板壁の端を押した。板壁は回転して開いた。板壁の奥には小さな明かりが灯っていた。

竜仙はここにいる……。

左近の直感が囁いた。


小さな明かりは僅かに揺れて消え、暗闇に包まれた。

左近は、暗闇を進んだ。

殺気が一気に押し寄せた。

左近は頰に鋭い冷たさを感じ、反射的に無明刀を横薙《よこな》ぎに一閃《いっせん》した。鈍い音が鳴り、生臭い血の臭いが漂った。鋭い冷たさは、次々と左近を襲った。左近はその場を動かず、無明刀に様々な閃きを与えた。暗闇に人を斬る鈍い音が響き、血の臭いが湧き立った。左近は返り血を浴び、無明刀で暗闇を鋭く斬り裂いた。

殺気は次第に減り、やがて消え去った。

左近は明かりを灯した。

斬られた裏柳生の忍びの者は誰一人いなく、辺りは飛び散った血で赤く濡れているだけだった。

左近は進んだ。

黒衣の竜仙が、闇の奥の上段の間に浮かぶように現れた。

「竜仙……」

左近は竜仙を見据えた。

「良く来た。日暮左近……」

竜仙は笑った。

「竜仙、所詮《しょせん》は将軍家斉の我欲と気まぐれで始まった一件。我らの闘い、もう終わりにしよう」

「左近、終わりにするには裏柳生の死人が多過ぎる」

「今更、後には退けぬか」

「最早、裏柳生は豊丸の田安家養子を阻止するより、その方の首を獲《と》るしかない」

竜仙は苦く笑った。

「私の首か……」

「さもなければ、裏柳生は忍びとして生きてはいけぬ」

裏柳生は、秩父忍びの日暮左近一人に蹂躙《じゅうりん》され、惨めに敗れ去った……。

それが忍びの者たちの間に知れ渡れば、裏柳生は蔑《さげす》まれ、大金を出して雇う者もいなくなるのだ。

裏柳生は滅びる……。

左近は、竜仙と裏柳生の行く末を知った。

「だが、私の首は獲れぬ」

「それはどうかな……」

竜仙は老顔の皺《しわ》を深くして笑い、左近に拳を差し出して開いた。掌には小さな蒼白い炎が燃えていた。

刺し違える覚悟……。

左近の直感が囁いた。

竜仙の皺に埋もれた眼に憎悪が浮かんだ。

これまでだ……。

左近は、躊躇《ためら》いもせず無明刀を煌《きら》めかせた。

竜仙の首が斬り飛ばされた。だが、同時に竜仙が掌の蒼白い炎を左近の足許に飛ばした。

左近の足許に蒼白い炎が燃え上がった。

蒼白い炎は一気に燃え広がり、闇を消し去った。そこは黒い板壁に囲まれた部屋だった。

左近は戸口に走った。だが、戸は開かなかった。左近は四方の板壁に脱出口を探した。脱出口はなく、蒼白い炎が燃え上がって左近を押し包んだ。

裏柳生の忍びの者の総帥・竜仙の最期の攻撃だった。

竜仙は、上段の間に浮かぶように現れた。

左近は、燃え上がる炎を突破して上段の間に跳んだ。上段の間には、首のない竜仙の死体が結跏趺坐《けっかふざ》をしていた。左近は、竜仙の死体を退かし、円座の下を探った。

円座の下から風が微かに洩れていた。

円座が上下し、竜仙はそこから出入りをしていたのだ。炎は燃え上がり、左近に迫った。左近は、無明刀で円座を斬り割った。

炎と煙が左近に迫り、覆《おお》い被さった。


小石川竜源寺は燃え上がった。

半鐘が鳴り響き、小石川一帯を受け持つ町火消しの六番組の〝な〟〝む〟〝う〟〝ゐ〟〝の〟〝お〟組が出動した。そして、一帯に住む旗本や御家人たちが駆け付けて消火活動を始めた。

竜源寺は激しく燃え続けた。

三

大名・旗本の登城が終わった駿河台錦小路は、静けさを取り戻していた。

主・兵庫助が登城した土屋家も表長屋門を閉じていた。

奥御殿の離れで豊丸と暮らす陽炎は、いつもとは違う感覚にとらわれた。それは、何者かに見張られている気配がないという事だった。今朝、陽炎の忍びの者として研ぎ澄まされた感覚は、裏柳生の忍びの気配をとらえる事はなかった。それは、今も続いている。

裏柳生に何か異変があった。そして、異変には左近が絡んでいる……。

陽炎の直感が告げた。

腰元を相手に遊んでいる豊丸が、楽しげな笑い声を響かせた。


庭には木洩れ日が煌めいていた。

陽炎は、用人部屋に相沢図書を訪れた。

「変わった事……」

相沢は白髪眉をひそめた。

「はい。昨夜、江戸で何か変わった事はなかったでしょうか」

陽炎は尋ねた。

「さあて。昨夜といえば、小石川で寺が火事になり、焼け落ちたと聞くが……」

相沢は白髪頭を捻った。

「寺の名は……」

陽炎は身を乗り出した。

「さあ、そこまでは知らぬが、牛天神裏だといっていたと思うが……」

相沢は首を横に振った。

「そうですか……」

「陽炎どの。小石川の寺の火事、此度《こたび》の一件と関わりがあるのか」

「きっと……」

陽炎は頷いた。

「そうか……」

小石川の寺は裏柳生の忍びが支配するものであり、左近が襲撃してお屋形の竜仙を倒したのだ。その証は、裏柳生の見張りが消えた事だ。

「相沢さま。今、このお屋敷を見張る者はおりません」

「まことか……」

相沢は戸惑った。

「はい。私、その訳を確かめて参ります」

木洩れ日は大きく揺れた。


左近は帰って来ない。

鉄砲洲波除稲荷にある公事宿『巴屋』の寮で待っていた房吉は、日本橋馬喰町に走った。

「それで左近さん、小石川の竜源寺に行ったきり、帰って来ないのか」

彦兵衛は、房吉から事情を聞いて眉をひそめた。

「はい。それであっしも小石川の竜源寺に行ってみようかと思います」

「房吉、その小石川の竜源寺、火事で焼け落ちたよ」

彦兵衛は、深刻な面持ちで告げた。

「竜源寺が焼け落ちた……」

房吉は驚き、唖然《あぜん》とした。

「ああ。昨夜な……」

「じゃあ、まさか……」

房吉は蒼ざめた。

「左近さんの事だ。心配ないと思うが、相手は裏柳生、どうなっているやら……」

「小石川まで一っ走りしてきます」

房吉は、公事宿『巴屋』を猛然と駆け出した。


日本橋馬喰町から神田川に抜け、川沿いを西に遡《さかのぼ》り、御三家水戸家《みとけ》の江戸上屋敷の傍を北に行けば牛天神がある。竜源寺はその裏手の小石川にあった。

房吉は、神田川沿いの道を走った。

左近が闘いに敗れるはずはない。だが、それなら何故、帰って来ないのか……。

房吉は、様々な想いに駆られながら小石川に急いだ。


竜源寺の火事場跡には煙が漂い、焦げ臭さが溢れていた。

火事場人足たちが跡片付けに忙しく働き、寺社奉行配下の武士が町奉行所同心と辺りを調べていた。

町娘姿の陽炎は、火事場に左近の姿を探した。だが、左近の姿は勿論《もちろん》、裏柳生の忍びらしき者も見当たらなかった。

火事場人足たちは焼け残りを片付け、使える物と使えない物を選り分けていた。

陽炎は、立ち話をしていた近所のおかみさんにそれとなく話しかけた。

「ご住職さまたち、ご無事だったんですか」

陽炎は、心配げに眉をひそめて見せた。

「それが住職さまと若いお坊さん、行方知れずらしいよ」

おかみさんは、恐ろしげに声をひそめた。

「お寺、他には何方《どなた》もいなかったんですか」

「檀家《だんか》の少ないお寺だったからね。でも、このところ、行商の商人や托鉢《たくはつ》のお坊さんが良く出入りしていたから……」

出入りをしていた行商人や托鉢坊主は、裏柳生の忍びの者なのかも知れない。

「それでさ、昨夜うちの宿六が酔っ払って帰って来た時、竜源寺の屋根の上に人が立っていたってんだよ」

おかみさんは、眉をひそめて囁いた。

「屋根の上に人ですか……」

「ああ……」

左近か裏柳生の忍びの者……。

焼け落ちた竜源寺は、やはり裏柳生の忍び屋敷なのだ。死体が一つとして見つからないのは、裏柳生の忍びの者たちが逸早《いちはや》く片付けたからだ。

陽炎は確信した。

昨夜、左近は裏柳生の忍び屋敷を襲った。そして、闘いの最中に火の手があがった。

陽炎はそう読んだ。

左近はどうしたのだ。

裏柳生の忍びとの闘いに破れたのか、燃え上がる炎に包まれたのか、それとも無事に脱出したのか。

脱出したとしたなら何処に行ったのか……。

陽炎は、心当たりの場所を思い浮かべた。

日本橋馬喰町の公事宿『巴屋』、鉄砲洲波除稲荷裏の寮。そして、仮に怪我をしたなら、薬のある雑司ヶ谷鬼子母神裏の秩父忍びの小屋かも知れない。

陽炎が思い当たる場所は、その三ヶ所だった。

小石川から雑司ヶ谷鬼子母神は遠くはない。

陽炎は、鬼子母神裏の小屋に行ってみる事にした。

房吉は、火事場から去って行く町娘の顔に見覚えがあった。

秩父忍びの陽炎……。

房吉は迷った。

竜源寺の焼け跡を調べるか、陽炎の後を追うか……。

迷いは続かなかった。

房吉は、陽炎を尾行した。


陽炎は安藤坂《あんどうざか》を上がり、無量院伝通院《むりょういんでんずういん》の前の通りを音羽《おとわ》・雑司ケ谷に急いだ。小石川金杉水道町《かなすぎすいどうちょう》から小石川同心町《どうしんちょう》、大塚吹上《おおつかふきあげ》を進み、大塚仲町《なかまち》から富士見坂《ふじみざか》を西に曲がった。そこは、神霊山護国寺《しんれいざんごこくじ》前の青柳町《あおやぎちょう》だ。陽炎は、護国寺の西端から田畑の中の田舎道に入った。

尾行して来る者がいる……。

陽炎の忍びの者としての感覚は、尾行者の存在を確実に捉えていた。

人気の少ない田舎道で捕らえる……。

陽炎は、そう決めて先に進んだ。

房吉は慎重に尾行した。そして、陽炎の行き先が雑司ヶ谷鬼子母神だと気付いた。

鬼子母神裏にある秩父忍びの小屋……。

房吉は、左近に連れられて秩父忍びの小屋に行った事があった。陽炎が秩父忍びの小屋に行くと分かれば、尾行する必要はない。

房吉は、田舎道から田畑に入って鬼子母神に走った。

陽炎は、田舎道の傍らの茂みに忍び、尾行者の現れるのを待った。だが、尾行者は現れなかった。

待ち伏せが気付かれたのか……。

陽炎は焦った。そして、尾行者が現れないと見切り、鬼子母神に急いだ。

駆け寄って来る足音が微かに聞こえた。

左近は、素早く天井に跳んで小屋の屋根の上に出た。手当てをした左肩の傷が僅かに痛んだ。

雑木林から房吉が現れた。

左近は苦笑した。

房吉は、自分が戻らないのを心配して探しに来たのだ。

左近は、屋根から小屋の中を窺う房吉の背後に跳び降りた。

房吉は驚き、屋根から跳び降りた者が誰か見定めず左近に殴り掛かった。左近は、房吉を押さえた。

「房吉さん、私です」

「左近さん……」

左近は、房吉を素早く小屋に連れ込んだ。

「探しに来てくれたのですか」

左近は微笑んだ。

「ええ。間もなく陽炎さんも来ますよ」

「陽炎が……」

左近は眉をひそめた。

「はい。陽炎さんも左近さんを心配しているんですよ」

房吉は、小さな笑みを浮かべた。

「そうですか、陽炎が来ますか……」

左近は、戸惑いを滲ませた。

「拙《まず》いんですか」

房吉は、敏感に左近の戸惑いを見抜いた。

「房吉さん、私にはまだやらなければならない事があるんです」

「やらなければならない事ですか……」

房吉は眉をひそめた。

「はい」

「そいつは、陽炎さんに知られちゃあ拙いのですか」

「ええ。陽炎の願いを打ち砕く事になります」

「そいつは拙い……」

房吉は驚いた。

「ですから私は姿を消します。後はよろしくお願いします」

左近は房吉にそう云い、必要な忍び道具を纏《まと》めた。

秩父忍びの小屋は、雑木林の木洩れ日を浴びていた。

陽炎は、雑木林から小屋の様子を窺った。小屋には人のいる気配がした。だが、それが左近とは限らない。陽炎は小屋に忍び寄った。その時、小屋の戸が開き、房吉が出て来た。陽炎は、咄嗟に房吉に跳び掛かり、その腕を捩《ね》じ上げた。

房吉は、悲鳴をあげて片膝を着いた。

「か、陽炎さん、あっしだ。房吉だ」

「房吉……」

陽炎は眉をひそめた。

「ああ。公事宿巴屋の房吉だ」

房吉は、激痛に顔を歪めて苦しく息を鳴らした。

確かに公事宿『巴屋』の下代の房吉だ……。

陽炎は、捩じ上げていた腕を放した。房吉はどっと尻餅を着き、捩じ上げられた腕を撫で擦った。

「房吉どの、左近はいるか」

「そいつが、あっしもここにいるかと思って来たんですが、いないんですよ」

房吉は惚《とぼ》けた。

「いない……」

陽炎は、小屋の中に入って辺りを調べた。辺りに変わったところはなく、陽炎は板の間の床板をあげた。そして、床下にある木箱の蓋《ふた》を開けた。中には様々な忍び道具が入っていた。陽炎は、忍び道具を調べた。錠前外し、坪錐《つぼきり》、苦無、錏《しころ》、そして棒手裏剣と兵糧丸《ひょうろうがん》が持ち出されていた。

左近は何か企てている……。

陽炎の直感が告げた。

いつもは使わない忍び道具を持ち出し、何かをしようとしている。それは、左近が忍び道具を使おうと思う程、危険な企てなのだ。

「房吉さん、小石川の竜源寺の火事、左近と関わりがありますね」

「ええ。竜源寺は裏柳生の忍び屋敷だとかで、左近さんが乗り込んだんです」

「ならば裏柳生は……」

「竜仙という親玉の坊主は斬ったそうですよ」

「やはり……」

陽炎の睨み通り、裏柳生の忍びは左近に叩き潰されたのだ。

その左近が忍び道具を持ち出して、次に狙うものは何なのか……。

陽炎は思いを巡らせた。

雑木林は風に揺れ、梢の葉を鳴らした。


江戸城の内堀の流れは澱《よど》み、吹き抜ける風は水面に小波を走らせていた。

左近は九段坂田安御門前に佇み、内堀越しに江戸城を眺めた。

江戸城の甍《いらか》は、日差しに眩《まぶ》しく煌めいていた。

日暮れを待つ……。

左近は踵《きびす》を返し、飯田町《いいだまち》中坂通りにある飯屋に入った。そして、軽く腹ごしらえをし、主に金を握らせて二階の小部屋を借りた。

飯田町は内堀田安御門と外濠神田川の間に位置し、武家地の中に取り残されたようにある町方の地だった。

左近は、飯田町の飯屋の二階で眠り、日が暮れるのを待った。


夕陽は外濠の向こうに沈んで行く。

左近は顔を夕陽に染め、飯屋の二階の小部屋から眺めていた。

陽は沈み、西の空は青黒く変わった。

左近は、飯屋の主に礼を云って内堀に向かった。

田安御門は暮六つに閉められ、辺りから人影が消えた。

忍び装束に身を固めた左近が、闇から現れて内堀の岸辺に佇んだ。

魚が跳ねたのか、内堀の水面に波紋が広がった。次の瞬間、左近は田安御門の屋根に跳んだ。

田安御門の屋根に忍んだ左近は、北の丸と呼ばれる郭内を窺った。

西側に田安屋敷、東側にやはり御三卿の清水家の屋敷があり、朝鮮馬場《ちょうせんばば》に続いている。左近は、清水屋敷の屋根に跳び、朝鮮馬場に向かって走った。そして、馬場の暗がりに忍んだ。右手に角の御番所の木戸があり、番士たちが篝火《かがりび》を焚《た》いて警戒していた。

左近は、馬場の暗がりから周囲を見廻した。行く手に乾堀《いぬいぼり》と平河堀《ひらかわぼり》の間にある北拮橋門《きたはねばし》と本丸が見えた。左近が北拮橋門に走ろうとした時、角の番所から見廻りの番士たちが龕灯《がんどう》をかざして出て来た。

左近は、番士たちの見廻りをやり過ごし、北拮橋門に走って石垣に取り付いた。そして、苦無を使って石垣を進み、五十三間櫓《ごじゅうさんけんやぐら》の脇から本丸に忍び込んだ。

本丸には、北から天守台と御金蔵、そして大奥、将軍の御座所のある中奥、用部屋や書院のある表が続いている。左近は、北の搦手《からめて》から江戸城に忍び込んだのだ。

本丸の警備は厳重を極め、各所に番所があり、見廻りの番士が絶え間なく行き交っていた。

左近は、番士たちの見廻りが途切れる一瞬を狙い、暗がり伝いに天守台の傍らを走り抜けて塀の上にあがり、屋根を次々に跳んで大屋根に忍んだ。そこは大奥御殿の屋根だった。左近は、連なる大奥御殿の屋根を次々と跳んで奥に進んだ。

大奥御殿の甍は月明かりを浴び、淡い蒼白さに包まれていた。

大奥の御錠口が閉まるのは暮六つ。女好きの将軍家斉は、すでに大奥に入って蔦《つた》の間で愛妾と同衾《どうきん》しているはずだ。

左近は、蔦の間の場所を探した。

蔦の間は、将軍の御座所のある中奥から御錠口を通った処にある。御錠口は御鈴口ともいわれ、中奥と大奥の区切りとされている。区切りには、御錠口の他に銅塀があった。

蔦の間は御錠口と銅塀に近い……。

左近は蔦の間を探し、御錠口と銅塀の傍の屋根に進んだ。

行く手の暗がりが僅かに揺れた。

左近は素早く忍び、行く手の暗がりを透かし見た。廊下の長い屋根に続いて御小座敷があり、屋根の上には二人の忍びの者が警戒に当たっていた。

蔦の間は、二人の忍びの者のいる屋根の下にある……。

左近の直感が囁いた。

二人の忍びの者は、訪れもしない曲者《くせもの》の警戒に退屈していた。退屈は油断を招き、命取りになる。

左近は、二人の忍びの者に忍び寄った。背中に月明かりの蒼白さを感じた。

四

畳針ほどの棒手裏剣は、僅かに煌めきながら闇に飛んだ。

棒手裏剣は、二人の忍びの者の首筋に突き刺さった。

二人の忍びの者は眼を見開いて驚き、声をあげる間もなく気を失って崩れ落ちた。

左近は、気を失った二人の忍びの者の傍に駆け寄り、屋根瓦を剥がした。そして、むき出しになった屋根板を鋸で切り取り、屋根裏に忍び込んだ。御小座敷の屋根裏には髪の毛で編まれた紐が張り巡らされ、侵入者が触れたら鈴が鳴り響く仕掛けだ。

左近は、髪の紐の張り巡らされた天井裏を梁伝いに慎重に這い進んだ。

左近は、小さな坪錐を天井板の隅に突き刺し、音を立てずに廻して小さな穴を開けた。

下の座敷の明かりが微かに差し込んだ。左近は覗いた。眼下の座敷は、御小座敷の下段の間だった。下段の間には明かりが灯され、宿直《とのい》の年寄がいた。

左近は、上段の間から奥の蔦の間に這い進んだ。蔦の間には、家斉と側室が眠り、傍らに当番の御中臈《おちゅうろう》と御伽坊主《おとぎぼうず》が添寝をしていた。添寝は、側室に勝手な願いなどをさせない予防策といわれていた。

左近は天井板を外し、蔦の間の隅の暗がりに降りた。そして、側室と添寝の御中臈と御伽坊主に眠り薬を嗅がせ、一段と深い眠りに落とした。

十一代将軍家斉は鼾《いびき》をかき、間の抜けた顔で眠っていた。

左近は、家斉の口に猿轡《さるぐつわ》を嚙《か》ませて揺り起こした。家斉は眼を覚まし、眼前に見知らぬ男がいるのに驚愕した。だが、猿轡が家斉の声を消した。

左近は、いきなり無明刀を煌めかせた。無明刀は、家斉の顔の右側に突き刺さった。思わず眼を閉じた家斉の鬢《びん》が削られて散った。

左近は小さな笑みを浮かべた。

家斉は、己の置かれた立場を自覚し、恐怖に震え出した。

「豊丸の田安家養子は諦めろ……」

左近は、無明刀を引き抜いて家斉の顔の左側に突き立てた。鬢が斬られ、飛び散った。

家斉は、恐怖に激しく震えて涙を流した。

「豊丸は今のままにしておけ」

左近は囁いた。そして、家斉の顔の左右に、無明刀を光の瞬きのような速さで突き刺した。家斉は眼を大きく見開き、涙と鼻水と涎を垂らした。

無明刀は光のように瞬いた。

瞬きは家斉を酔わせた。

家斉は恐怖に飲まれ、顔の前で瞬く無明刀を虚ろな眼差しで眺めた。そして、酒に酔ったような微笑みを浮かべた。

「いいか。豊丸の田安家養子は諦め、何もかも忘れるのだ」

左近は、家斉に言い聞かせた。

家斉は微笑を浮かべ、僅かに頷いた。

「忘れなければ、いつでも現れる」

左近は無明刀を瞬かせた。

家斉は喉を鳴らした。

無明刀の瞬きはいつまでも続いた。


上様御側衆土屋兵庫助は、駿河台錦小路の屋敷に下城した。

用人の相沢図書は、玄関先に迎えに出た。

「図書、座敷に参れ」

兵庫助は、微かな笑みを浮かべて声を弾ませた。

「ははっ」

何かあった……。

相沢は、足早に屋敷に入って行く兵庫助を見送った。

それも声を弾ませるような事が……。

相沢は戸惑った。


兵庫助は茶を飲み干した。

相沢は、黙って主の言葉を待った。

「図書、豊丸さまは如何致しておる」

「はっ。陽炎どのや腰元を相手にご機嫌良くお過ごしにございます」

声を弾ませるような事は、豊丸に関わっている……。

相沢はそう判断した。

「そうか……」

兵庫助は苦笑した。

「豊丸さまが何か……」

相沢は兵庫助を窺った。

「早々に御生母さまのおいでになる寛永寺浄光院にお帰し致せとの、上様の仰せだ」

兵庫助は笑った。

「上様が……」

相沢は驚いた。

「左様だ」

「ならば豊丸さま、田安家のご養子になられ、家督を相続される件は……」

相沢は白髪頭を震わせた。

「最早、忘れろとの仰せだ」

兵庫助は、嬉しげに声を弾ませた。

上様御側衆の土屋兵庫助は、家斉に庶子豊丸を御三卿田安家の養子にし、家督を継がせるように命じられ、その身柄を預けられた。だが、田安家当主宗頼は家斉に激怒し、病と称して土屋兵庫助に逢おうともしなかった。そして、裏柳生の忍びの者を雇い、豊丸闇討ちを企てた。土屋家用人の相沢図書は、秩父忍びの陽炎を豊丸の警護と守役として雇って対抗した。

豊丸の田安家家督相続が叶《かな》わず、挙句の果てに闇討ちをされては、土屋兵庫助は御役御免の上切腹となり、家は取り潰される。土屋兵庫助と用人の相沢図書は、窮地に追い込まれていた。だが、家斉は豊丸に田安家を相続させ、御三卿の一角を己の血筋で支配するのを諦めた。

「殿。上様は何故、諦めたのでございましょう」

「さあ、良く分からぬが、我が土屋家にとっては万々歳《ばんばんざい》。早々に豊丸さまを御生母さまの許にお帰し致せ」

兵庫助は、厄介な肩の荷を下ろし、明るく声を弾ませた。

なにはともあれ、土屋家は窮地を脱した。

「畏《かしこ》まりました」

相沢は白髪頭を下げた。

陽炎は眉をひそめた。

「豊丸さまを御生母さまの許に……」

「左様。上様の仰せだ」

相沢は、安堵の面持ちで茶を啜った。

「相沢さま、上様は何故……」

「所詮は上様の気まぐれ。これで我が殿も田安さまも一安心だ」

相沢は笑った。

「上様の気まぐれ……」

陽炎は呆然と呟いた。

豊丸が田安家の家督を継いだ暁《あかつき》には、それを後ろ盾にして秩父忍びを再興する。

陽炎の願いは、余りにも呆気なく崩れ去った。

「うむ。陽炎どのにはご苦労を掛けたが、これで御役御免。これは約束の金子《きんす》だ」

相沢は、袱紗《ふくさ》に包んだ金を差し出した。

「さあ、受け取られるがよろしい」

「はい……」

陽炎は、袱紗に包まれた小判を受け取った。その時、虚しさが陽炎を襲った。

家斉の気まぐれで幼い豊丸は翻弄《ほんろう》され、何人もの人間が殺し合いをして死んだ。

理不尽《りふじん》な話だ……。

陽炎の虚しさは募《つの》った。


幼い豊丸は、相沢たち土屋家の家来に付き添われ、上野寛永寺浄光院で暮らす母親の許に帰って行った。

陽炎は、最早命を狙われる理由の無い豊丸に付き添わず、土屋屋敷で見送った。

おそらく家斉は、庶子である豊丸を仏門に入れる。

相沢は、豊丸の行く末をそう睨んでいた。

豊丸にとって僧になる事は、将軍家一族の醜い争いから逃れる手立ての一つであり、幸せなのかも知れない。

豊丸一行は、駿河台錦小路を神田川に向かって行く。

陽炎は、豊丸の幸せを願った。

土屋屋敷は、災いの元凶である豊丸がいなくなり、安堵と明るさに満ち溢れた。

陽炎は、土屋屋敷を出る仕度を急いだ。しかし、素直に納得しかねるものを感じていた。それは、家斉の急な心変わりだった。

家斉が如何に気まぐれであっても、どうして急に豊丸の田安家の家督相続を諦めたのだ。

陽炎は疑念を抱いた。

余りにも急な話だ……。

疑念は次第に増大し、陽炎は一つの思いに辿り着いた。

鉄砲洲波除稲荷の境内には、江戸湊からの潮風が吹き抜けていた。

左近は境内の端に佇み、江戸湊を眺めていた。

家斉は、田安家を豊丸に継がせ、己の血筋で御三卿を支配する企てを諦めた。

豊丸は、上野寛永寺浄光院で暮らす母親の許に帰った。

家斉は、左近の恐ろしさに屈し、約束を違《たが》える事はなかった。左近は、大奥御殿の屋根を元に戻し、江戸城を脱出した。眠らされた二人の忍びの者は、警戒を破られた罪を隠すために固く口をつぐんだ。そして、側室と添寝の御中臈や御伽坊主は、怯える家斉を悪夢にうなされたとしか思わなかった。

何もかも、夜の闇の中での幻でしかないのだ。

これでいい……。

左近は小さく頷いた。

飛び交っていた鷗が姿を消し、鋭い殺気が左近を襲った。

来た……。

左近は振り返った。

若衆姿の陽炎が、鋭い殺気を放っていた。

「陽炎……」

「左近、忍び道具を持ち出して何をした」

陽炎は、怒りを滲ませていた。

左近は、鬼子母神裏の小屋から忍び道具を持ち出し、江戸城に忍び込んで家斉を脅して心変わりをさせた。

陽炎は、そう見抜いていた。

「陽炎、お前の睨み通りだ」

左近は、陽炎に哀れみの眼差しを向けた。

「何故だ。何故、家斉に心変わりをさせたのだ」

陽炎は、左近に激しい怒りを向けた。

「豊丸の流転《るてん》を終わらせ、幸せにしてやりたい……」

「豊丸の幸せ……」

陽炎は戸惑った。

「陽炎、それはお前も願っていたはず。違うか……」

「左近、私は秩父忍びの再興を願っただけだ」

陽炎は苦しげに叫んだ。それは、己を懸命に納得させようとする叫びだった。

「陽炎、幼い豊丸を道具に使い、秩父忍びを再興して何になる」

左近は淋しげに笑った。

「黙れ、左近……」

陽炎は、己の弱味を隠すように左近に斬り掛かった。左近は、背後に跳んで陽炎の刀を躱した。

「止めろ、陽炎」

左近は冷静に告げた。

「黙れ、黙れ、黙れ……」

陽炎は叫び、苛立ちをぶつけるように左近に絶え間なく斬り付けた。

境内の砂利が飛び、草が千切れ、木々の梢の葉が散った。

左近は無明刀を抜かず、跳び、転がり、後退して陽炎の鋭い斬り込みを躱し続けた。

「抜け、左近。無明刀を抜け」

陽炎の叫びに涙が混じった。

「陽炎……」

左近は無明刀の柄を握った。刹那、陽炎の刀が左近の腕を斬った。

鮮血が飛び散った。

陽炎は驚き、我に返ったように刀を引いた。

「陽炎、気が済んだか……」

左近は斬られた腕から血を滴らせ、陽炎に微笑み掛けた。

「そんな……」

陽炎は呆然とした。

鴟が鳴き声を響かせ、飛び交い始めた。

「陽炎、幼い豊丸を使っての秩父忍び再興は、お前も本意ではないはずだ」

「左近……」

陽炎は啜り泣いた。

「陽炎、お前がいる限り、秩父忍びは滅びはしない」

「左近、お前も秩父忍びだ。記憶を失い、名を変えても、お前も秩父忍びなのだ」

陽炎は必死に訴えた。

「分かっている……」

如何に秩父忍びである事を無視しても、身体は否というほど覚えている。そして、左近自身、秩父忍びの技を使って闘い、これまで生き延びてきているのだ。

左近は、淋しさと虚しさに包まれた。

「左近……」

「陽炎、忍びとは風と共に現れ、風と共に消え去るもの……」

「風と共に現れ、消える……」

陽炎は呟いた。

「左様、秩父忍びとて同じ……」

波除稲荷の境内には鷗が飛び交い、潮騒が鳴り響いた。

打ち寄せる波は煌めき、潮風が木々の梢を揺らした。

「いつかは消える……」

左近は、眩しげに江戸湊を眺めた。

江戸湊は何処までも光り輝いていた。

特選時代小説

KOSAIDOBUNKO

化《け》粧面《しょうづら》

日《ひ》暮《ぐらし》左《さ》近《こん》事《じ》件帖《けんちょう》

2010年4月1日　第1版第1刷

著者
藤《ふじ》井《い》邦《くに》夫《お》

発行者
矢次　敏

発行所
廣済堂あかつき株式会社
〒105-0014 東京都港区芝3-4-13　幸和芝園ビル
電話◆03-3769-9208［編集部］03-3769-9209［販売部］Fax◆03-3769-9229［販売部］
振替00180-0-164137　http://www.kosaidoakatsuki.jp

印刷所・製本所
株式会社廣済堂

ISBN978-4-331-61394-8　C0193

廣済堂文庫
特選時代小説

藤原緋沙子
螢籠《ほたるかご》
隅田川御用帳

強姦されて身籠もった女、夫の隠居を期に離縁をほのめかす老妻……。母と子、男と女の愛憎を人情味豊かな筆致で描き出す。

藤原緋沙子
宵しぐれ
隅田川御用帳

主人の離縁を扱っていた奉公人おさよが何者かに殺された！　探索を始めたお登勢と十四郎が、哀しく切ない女と男の愛憎劇を見事に裁く。

藤原緋沙子
おぼろ舟
隅田川御用帳

言い交わした男を待ちながらも、病の母のために身を売る女、捨てた我が子を想いながら気丈に生きる老女……。運命を越える愛を描く。

藤原緋沙子
冬桜
隅田川御用帳

仕官するため西国に旅立ち、いまだ帰らぬ男を待つ娘に忍び寄る黒い影……。愛憐の叫びが届かぬ哀しき武士道とは。

藤原緋沙子
春雷
隅田川御用帳

不義の疑いをかけられ追われる男と女。その先にあるものは……。深川を舞台に繰り広げられる愛憎劇を情感豊かな筆致で描く。

藤原緋沙子
夏の霧
隅田川御用帳

苦労をかけた亡き妻の面影をある女に見た、鬼政と忌み嫌われた男は……。愛するがゆえに、男は明日を見つめ、女は今日を生き抜く。

藤原緋沙子
紅椿《べにつばき》
隅田川御用帳

縁切り寺『慶光寺』の主・万寿院と遠い日に交わした約束を胸に抱いて生きる男。約束に羞じぬ生きざまもまた、一つの武士道の形。